小說的信仰

閻連科

目次

第一章　有邊界的經驗和無邊界的真實

第四章 形式與形式的真實性

第一章

有邊界的經驗和無邊界的真實

一、真實是小說的信仰

真實是小說的信仰，一如基督只有腳釘流血、背負十字才可為基督樣。

二、從一句話說起

「我坐在碼頭上，太陽像一張薄薄的紙墊在屁股下」[1]——這句話不是事實，是真實；不僅是真實，而且隱含著敬拜和信仰。緣此，給我們帶來的兩個問題是：

1　王堯：《民謠》，譯林出版社，二〇二一年三月版，第三頁。

一、每一位讀者都明白這句話是違背經驗邏輯的，都明曉太陽不會被人坐在屁股下，而是永遠覆蓋在人的頭上或身上，可為什麼沒有讀者去追究這個違背常識的邏輯呢？

二、太陽在人類的文化象徵和隱喻——在整個世界內，太陽都是文化至高的神聖與隱喻，如但丁在《神曲》中，把太陽喻為上帝樣。而也恰恰因為是這樣，這句話呼應了人們內心伏埋的敬拜與反敬拜的共鳴，獲得了超越日常經驗的反經驗的真實性，緣此那種反經驗的文學之真實，便如同人在碼頭上，能看到碼頭一樣日常、真切和實在。

三、古經驗真實之種

關於文學的真實，從人類有了故事始，文學的真實就成為故事的靈魂存在著。故事擁有真實的靈魂為故事；沒有真實靈魂的故事，為故事的一塊死化石。

人類漫長的發展史中，生命——尤其是人之生命，才是靈魂物。從這個角度說開去，文學的起始和發展，同樣也是一部人的生命形式在故事中的存在、變化史。文學中沒有生命形式的真實在，文學的真實便轟然坍塌如雲造的空中樓閣般。文學的真實不在了，再談文學，便如雲不能造樓，便用空氣和光造樓樣。人類是一代一代生命延續下來的，而文學是一代代人的文學化的生命真實延續下來的。在面對世界和生命時，文學要表現的是人的生命形式的真實性和變化性，而不僅是軀體本身的血肉和骨架。生命形式在漫漫的時間長河中，不斷地更迭與變化，造就了文學真實的流動性與變化性。於是，文學之真實，隨著人的生命形式的流動而流動、變化而變化。一切固守一種文學真實的真實觀和文學觀，將都是封閉、專制和野蠻的，都是值得懷疑和叩問的。

人類沒有一成不變的生命與形式。

文學沒有一成不變的真實和真實觀。

文學說到底，是經驗之產物——這裡說的經驗，正是生命形式的變化和過程。然而這個變化之過程，在寫作中不是疊加豐富的，而是逐漸被窄化、縮減的。寫作中生命形式豐富多變的完整性，已經讓位於單一的生活實踐性。人生經驗過程的真實性，成了文學作品真實的唯一尺度和標準。進而寫作之表達，也從生命對象豐富的流變中，直接、簡單地轉化成了唯一的人和人的生活經驗。換句話說，文學的資源，不再是諸多生命形式豐富多彩的流變、振盪和更替，而是僅僅停留在人的可實踐的生活經驗上。如此每每翻開當下成千上萬的文學出版物，幾乎所有的作品，都近乎以相同的人生經驗，和相同的故事方式，去予以小說的供給和展開。作家幾乎就是純粹生活經驗的搬運工，其變化不過是包裝箱的大小、形狀之不同。打開這些包裝箱，除了一疊一疊人生經驗的更迭和堆砌，幾乎連花樣翻新的一點可以想像、但卻不能實踐的生命經驗都難看到。文學所慣常表達的，是作家的經驗之鏡子，寫作剛好可以映照作家個體和他與社會聯繫的某部分的經驗和可能。如此文學不僅成了那一部分生活經驗的對應物，而且文學的生命與真實，也被這部分可實踐的生活經驗所決定。

至少幾十年的中國文學大體為這樣。

至少當下中國文學中相當一部分、甚或絕多的寫作是這樣。

在這兒，不是說文學之所以會這樣，是因為觀念、意志讓它不得不這樣；而是說文學發展的內在力量，在驅動文學不得不這樣。是這種內在的力量，在驅動世俗、日常的生活經驗，逐步替代著豐富、寬廣的生命經驗；單純的經驗實踐性，在替代文學想像的真實性。如此我們不得不疑惑和省思，文學為什麼要如此傾盡所有地討好可實踐的生活經驗呢？可兌現、實踐的人生經驗，是如何完成了對文學的絕對統治呢？而在人類的生命經驗中，人類最普遍、恆久的可實踐經驗又是什麼呢？它對文學的真實有什麼影響和決定性？

最普遍、恆久的生命經驗是吃、穿和欲望。

從這個角度去考看，西元前七五〇年前後荷馬行吟《伊里亞德》的一開篇，吃就首當其衝地出現在讀者面前了：「歌唱吧，女神！歌唱裴琉斯之子阿基琉斯的憤怒——／他的暴怒招致了這場凶險的災禍，給阿開亞人帶來了／受之不盡的苦難，將許多豪傑強健的魂魄／打入了哀地斯，而把他們的軀體，作為美食，扔給了狗和兀鳥……」[2]原來《荷馬史詩》這部人類最早的傑作，雖然幾乎吟唱的多是神和非人的英雄們，而荷馬竟也不敢忘記，人的最基本的生活經驗——吃和穿在神與非人英雄那兒的必須和存在。在宙斯謀畫的特洛伊戰爭中，他差遣「夢幻」去通知神阿特柔斯的兒子——非人的英雄阿伽門農，去攻打特洛伊城池時，「阿伽門農從睡境中甦醒，神的聲音／迴響在他的耳邊。他直身坐起，套上／鬆軟、簇新的衫衣，裹上碩大的披篷／繫緊舒適

2　（古希臘）荷馬：《伊利亞特》，陳中梅譯，北京燕山出版社，一九九九年六月版，第一頁。（編案：臺譯為《伊里亞德》。）

的條鞋，在閃亮的腳面／挎上柄嵌銀釘的銅劍，拿起／永不敗壞的王杖，祖傳的寶杖。」[3]原來吃穿在神和非人的英雄中，是那麼的微不足道，近可忽略，然而詩人卻從未忘記過對它及時地書寫和交代。只不過神們的飲食是瓊漿玉液，而人的飲食是粗茶淡飯而已；只不過非人的英雄穿的是「碩大的披篷」，而普通人的穿是「草衣遮身」罷了。

來到人類更早的《聖經》中的〈創世紀〉，神創造了天地，但在沒有造人時，吃——食物便先自被神創造了。神說：「看哪，我將遍地上一切結種子的菜蔬，飛鳥，並各樣爬在地上有生命的物，我將青草賜給它們作食物。」[4]而當人在伊甸園中出現了，「神使各樣的樹從地裡長出來，可以悅人眼目，其上的果子好作食物」[5]後，人「便拿無花果樹的葉子，為自己編作裙子」[6]了。——原來，人類最早

3 （古希臘）荷馬：《伊利亞特》，陳中梅譯，北京燕山出版社，一九九九年六月版，第二十四頁。
4 《新舊約全書》：中國基督教協會，一九九四年印發，第一頁。
5 《新舊約全書》：中國基督教協會，一九九四年印發，第二頁。
6 《新舊約全書》：中國基督教協會，一九九四年印發，第三頁。

的人生經驗——最原始的吃穿，無論任何故事憑藉任何語言的敘述，這種生活經驗便都最先在敘事中得到呈現和描述，哪怕是人從來沒有見過的神和非人的英雄們，他們只要借助語言敘事在故事中出現在人面前，人的吃與穿的生活經驗，便率先被作者敘述和呈現。原來，奧維德在《變形記》中重述人類開天闢地的第一個時代「黃金時代」一出現，「大地無需強迫，無需用鋤犁去耕耘，便自動地生長出各種需要的物品。人們不必強求就可以得到食物，感覺滿足；他們採集楊梅樹上的果子，山邊的草莓、山茱萸，刺荊上密密層層懸掛著的漿果和朱庇特大樹上落下的橡子……土地不需要耕種就生出了豐饒的五穀，田畝也不必輪休，就長出一片白茫茫、沉甸甸的麥穗。」[7]於是，關於人和人類吃的問題，便在人剛出現的同一時間得到解決了。

7　（古羅馬）奧維德：《變形記　詩藝》，楊周翰譯，上海人民出版社，二〇一六年四月版，第二十四頁。

但丁在昏暗的森林中醒來時，首先遇到了代表淫慾的豹，接著相遇了代表豪傲的獅子，繼而很快又遇到貪婪的母狼。淫慾、豪傲和貪婪，本就是人類最原始、普遍的三種行為與情感，詩人已經直擊了人類的精神與內心，雖然如此，偉大的但丁，也沒有忽略對人的最普遍的經驗欲望之書寫。於是寫貪婪的母狼時，她一出場，但丁就寫道：「她竟無法滿足自己貪得無厭的食慾／吃了之後，她比先前更為飢餓／她與許多野獸交配過／而且還要與更多的野獸交配／直到那將使她痛苦而死的『靈犬』來臨。」從《荷馬史詩》到《聖經》，自奧維德的《變形記》到《神曲》，這些作品無論是產生於古希臘還是古羅馬、西元前或者西元後，從空間說來，是從天空寫到了地下；自對象說來，是從神寫到人及非人的英雄和動物——概而言之，這些作品的主要「人物」，大多都還不是「人」，但作者卻沒有敢——或說沒有忘記書寫這些非人的「人物」們，都有和人一模一樣的吃、穿和欲望。即便是產生於西元前近四百年的《吉爾伽美什》史詩，作品中的吉爾伽美什「三分之二是神，（三分之一是人）」，以及敘事中所有的非人的妖獸們，也沒有哪個沒有生命經驗的「吃、穿和欲望」，在其身上和行為中。為什麼人最原始的「吃、穿和欲望」，這類最基本的生命需求和生活經驗，人類最早、最偉大的詩人和作家們，都要在作品中進行必須的描述和交代？難道不描述、交代不行嗎？更何況這些作品中的對象，他們本來就不是「人」，完全可以不有人生之經驗，可以不食人間煙火。而那些祖先的偉人們——人類最早的智者、詩人和作家們，他們之所以可以不這樣，卻又一定要這樣，那就是他們深明文學有不能逾越的局限：哪怕作品中的「人物」是多麼偉大的神，作者自己終歸還是人。他只擁有人的生命經驗，而不擁有真正的神和仙妖的生命經驗。其次，這些偉大的詩人們，即便傑出如荷馬或但丁，也從來不敢忘記，聽他們吟唱的聽眾和讀者，一概都是人——讀者只擁有人的生命經驗，而沒有神和非人的生命經驗。如此，人的生命形式和生活經驗，就給作家、詩人法定了每部作品的書寫，必須遵守的寫作憲法是——只有人可經歷、感知的生命形式的經驗，才是人類培植寫作的唯一的真實和根土——這就是今天人的可實踐的經驗，乃至是純粹的日常世俗，取代寫作中人的豐富生命經驗最早的源頭和伏筆。

今天，文學中可感知、實施的人生經驗對文學的統治，大約都緣於這些根土和種子。

四、人的經驗對神、仙、妖、異的真實取代

人類的生命經驗，是所有寫作存在的理由——哪怕寫作到今天，當抽象的詞語來自人的生命經驗時，這種生命經驗大約分為兩個部分：一是可落地實施的人生經驗；二是不可落地實施的生命與想像的經驗。前者如吃、穿、欲望和各種可轉化為體驗的情感；後者如宙斯預謀的讓「夢幻」去通知阿伽門農可攻打特洛伊城池，但丁在暗黑森林中相遇的豹子、獅子和母狼，以及隨後同詩人維吉爾行走地獄、煉獄、天堂的所見與經歷。凡此種種，前者是幾乎所有人都擁有的生活經驗；後者是只有一部分人才可擁有的生命想像的經

驗。基於文學創作最基本的屬性，是不僅寫給那些有此類人生經驗的人，更是寫給那些沒有此類經驗的聽眾、觀眾和讀者。因此荷馬如果不是為了讓自己的吟唱，被更多的聽眾所接受，他決然不會在古希臘的大地上，披星戴月地行走與吟誦。《聖經》如果不是為了讓更多、更多的人虔信和接受，一代代的傳教士，便失去了存在的意義和必要。無論如何，接受和更接受，是所有寫作最基本的訴求。正是緣於此，那些不可落地實施的生命與想像的經驗，必然要直接或間接地，通過可落地實施經驗的橋梁，方才可能走入更多、更普遍的讀者和人群。於是，吃、穿和人的最為普遍的欲望，就是你寫神仙和妖異，也要通過這些橋梁來向聽眾、讀者擺渡你的真實之存在。如此，原來那些證明神仙妖異等非人類之真實的人的最日常的生活經驗，便最終在人類的寫作中，直接替代了神、仙、妖、異及半神半人們在作品中的主導和地位，而成為之後文學創作資源的正宗和主流。這樣人的生命與生活，終於成為文學書寫最重要、乃至唯一的書寫表達後，這種人可感知、實施的經驗，便逐漸至最終，成為了無可替代的文學起生和想像的唯一之根土，捨此已不再有第二的可能與選擇。

我沒有能力梳理、說清人的可落地實施的生活經驗，是從哪天、哪一部作品完成了寫作中對神仙妖異和非人的更迭與替換。然無論如何，歐洲文藝復興時期的但丁、莎士比亞、薄伽丘以及傑弗里・喬叟和拉伯雷的《巨人傳》等，無不在這種寫作對象和寫作資源上，做出了巨大的推動與交接。以至於拉伯雷的《巨人傳》，今天似乎可以用滑稽突梯、逗笑取樂，甚至粗野鄙俗等略含不敬的用語來說道，但僅就這部偉大作品的第一卷和第二卷，據說在一五三二年和一五三三年問世時，在法國兩個月的銷量就超過《聖經》九年的銷量言，我們可以感受這部作品在市民中的歡迎度，是可以用「極歡」一詞形容的。《巨人傳》何以有如此的喧囂、熱鬧與盛況？當然可以用文藝復興的思想去理解和釋讀，諸如對神權的批判和人文主義精神等，但小說中的情節、場景、細節、語言的誇張與人的日常經驗的世俗化——寫作中可落地實施的生活經驗對不可實施經驗的取代，恐怕才是這部巨著成功的更實在、可靠的因素。

回到小說的真實和人的可落地實施的經驗上來，我們當然不能把中國文學和歐洲文藝復興扯到一塊談。然單純地討論純粹人類的生活經驗，一步步地占有、取代神或非人書寫的過程時，中國古典文學《搜神記》、《封神榜》、《西遊記》、《聊齋志異》等寫作，則為我們更清晰地勾勒出了這一替換、更迭的過渡和痕跡。尤其在這類古典的「仙神妖異」的作品中，《聊齋志異》則更為清晰、突出地完成了人的日常經驗——尤其那種可落地實施驗證的人的世俗經驗，在《聊齋志異》的寫作中，可謂多角度、多層次地進行對表達對象與書寫資源的推進和替換，從而完成了文學對神與仙妖的人物化和世俗化。在人的日常經驗對神、仙、妖、異的文學想像的寫作替代中，《聊齋志異》可謂是完成度最高、最普遍的偉大經典，其中各種故事對象——在天堂、天空中這一生命想像空間生活的神與仙如〈翩翩〉、〈仙人島〉、〈賈奉雉〉等；在海洋空間中生活的仙、妖如〈夜叉國〉、〈粉蝶〉等；以至更多在陰間和地府中生活的鬼魂、怪異如〈章阿端〉、〈考弊司〉、〈于去惡〉、〈席方平〉、〈祝翁〉、〈錦瑟〉

等；由動物、植物、雀鳥、蟲蛇仙化為人的故事如〈阿英〉、〈葛巾〉、〈竹青〉、〈白秋練〉等……凡此種種，千姿百態，無奇不有的「非人」故事，都有一個共同的行為與想像的軌跡，那就是——他們無論是神仙妖異或孤魂野鬼，凡非人的描寫對象，其共同的生活目標——理想，就是要過「人的生活」。他們一概都渴望擁有人的七情六欲之需求。所以我們在幾乎所有的《聊齋志異》的經典短章，如〈畫壁〉、〈嬌娜〉、〈葉生〉、〈青鳳〉、〈畫皮〉、〈嬰寧〉、〈聶小倩〉、〈蓮香〉、〈林四娘〉、〈黃九郎〉、〈連瑣〉、〈白于玉〉、〈商三官〉、〈鴝鵒〉、〈阿霞〉、〈翩翩〉、〈公孫九娘〉、〈促織〉、〈辛十四娘〉、〈鴉頭〉、〈荷花三娘子〉、〈章阿端〉、〈雲翠仙〉、〈考弊司〉、〈胡四娘〉、〈瑞雲〉、〈宦娘〉、〈小翠〉、〈司文郎〉、〈于去惡〉、〈王司馬〉、〈王子安〉、〈三生〉、〈席方平〉、〈阿纖〉等等中可發現，各方各面、各個階層和想像空間中的代表作的寫作趨向——所有非人的仙、妖、鬼、異和魂靈，全都嚮往人的、可實施兌現的日常生活。經歷人的日常而世俗的生活經驗，成為了神、仙、妖、異和魂靈的理想之在。無論他們在異域空間經歷多少磨難與修行，三百年或者五百年，甚或上千年，皆是為了擁有幾年、幾個月甚或幾天人的歡樂、溫暖與最日常世俗的生活經驗——將人的最世俗的生活經驗，提高到一種神聖的生命地位，在中國古典文學中，再也無有可與《聊齋志異》並行比擬的寫作了。

倘說作家之偉大，這才是蒲松齡的最偉大。

《聊齋志異》與《荷馬史詩》、《神曲》等偉大傑作的最大不同，就是前者中的神、仙、妖、異等，皆都對人的世俗生活嚮往和求獲；而後者，則是兩個空間的不一樣的生活和交叉。人的男婚女愛、床笫歡樂、錦緞穿著、魚肉席宴，在《聊齋志異》近五百篇的寫作中，以人之生命的世俗經驗為妖異狐變之理想的作品，〈鴉頭〉應是最為突出的短章經典。在〈鴉頭〉這部作品中，狐狸一家母女三人，千年修行，終於幻變為人，而最終成人後的母親，要做妓院的老鴇，並唆使兩個成為世間尤物的女兒，在自家的客棧中接客經營，使得她們既擁有無盡的男歡女樂，又有取之不竭的銀兩用於吃喝、穿戴和住宿。「狐狸到人間」，是《聊齋志異》最基本的故事架構和展開，享受人的生活、擁有人的生命經驗，是大量狐狸到人間成為美女、俊男的基本訴求和最高之夙願。所以，在「狐狸到人間」的一百來篇的短篇中，我們看到了在〈鴉頭〉這部最具代表性的作品裡，一方面，蒲松齡以最柔軟、豐富的情感，如「三言二拍」中的〈賣油郎獨占花魁〉及〈杜十娘怒沉百寶箱〉，寫盡了狐狸女鴉頭作為「妓女」對人世愛情的渴望和忠貞；另外一方面，也淋漓盡致地寫出了作為狐狸母親的鴉鴇和大女兒妮子，在妓院對人世最庸常的金銀首飾和人生歡樂的渴望與求得。雖然蒲松齡在書寫這些時，深懷對現實、現世的欲望之批判，但卻從另一層面與角度，提供了非人的神、仙、妖、異等，對人間世俗生活的渴求與願望。所以，小說恰也從這一角度，揭示了人的可實施的生活經驗，對可想像但卻無法落地實施的幻想的替換。

在《聊齋志異》這部偉大作品中，蒲松齡天才地寫出了文學的一切，最終只能是人的一切。人類的所有經驗，也最終要成為文學的一切寫作的資源。而人的一切的真實，也最終要成為衡量文學真實的一切。這些文學最內在的津路，在如〈鴉頭〉這類百餘篇的「狐狸到人間」的小說中，體現得要經有經，要緯有緯；即便「狐狸到人間」這一過程，是完全不可能的生命想像，如宙斯派「夢幻」去通知阿伽門農攻打特洛伊城池樣。而文學走過了漫漫三千年的路程後，我們經過了「地獄」、「煉獄」和非人世的天堂與宮闕，當神、仙、妖、異與狐狸、花草等動物、植物們，再次透過故事的幻變來到人間時，人的可兌現的人生經驗，終於成為了「非人」們的最高理想與願念，成為文學生命經驗最真實的佐證與替代。從這個層面說，把《聊齋志異》這部偉大的中國古典文學放入更廣泛的範圍去比較，我們可以看到人的可實施經驗在世界文學創作中的登基和上位，是現實主義到來的一種必然之必然。

無意說《聊齋志異》是一部可與歐洲文藝復興時期的偉大作品一樣擁有人文主義精神的傑作，但就人的可實施的生命和生活經驗說，它在寫作中對神、仙、妖、異等非人的人類想像的經驗更迭與替換，雖比《十日談》、《坎特伯里故事》和《巨人傳》的問世晚了幾百年，但在人類文學書寫對象和經驗的演進、替換過程中，卻可以讓讀者更清晰地感受到，人的經歷與經驗，是文學自古向今的必然來路和去處；是文學真實唯一的、最直接有效的佐證和靈魂。

五、可實施、感知經驗對小說的最終統治

到今天，人的可親歷、感知的經驗，終於徹底占有了人類文學幾乎所有的書寫與篇章。不可經歷的生命想像，從文學中的退場，了卻得如一場大戲的閉幕樣。從西元前三、四千年的《吉爾伽美什史詩》來到中世紀，來到文藝復興後十八、十九、二十世紀文學的成熟期和高峰期，前者經過數千年，而後者只有短短將近三百年。景況大約是這樣。無論人類為早先的寫作付出了多麼漫長的準備、累積和等待，而最終在文藝復興後，人的經歷與經驗，還是迅速、徹底地將神、仙、妖、異從文學中「趕盡殺絕」了。

尤其當文學來到最為鼎盛的十九世紀後，我們幾乎看不到神、仙、妖、異，在那些偉大的作品中，是有價值的生命和存在。對此，與其說是人在文學中最根本的取代和勝利，倒不如說是人的可親歷、實施、感知的經驗，在文學中對可以想像但無法實施的經驗的取代和勝利。

一場偉大的文學轉折，原來是一場寫作資源和人的生命經驗的取代和更替；是一種文學真實對另一種文學真實的懷疑和取代。在荷馬吟唱的年代裡，一定沒有人否定神對特洛伊城池的占有、分配和安排。城牆這邊的人與城牆那邊的神，分布在同一天下的兩個世界裡，神是人的神，人是神的人，這千真萬確的文學之真實，是不需要去懷疑詢問的。然而到了《魯賓遜漂流記》、《傲慢與偏見》、《咆嘯山莊》、《簡愛》及至《少年維特的煩惱》等，和之後所有十九世紀被定論為偉大傑作的作品中，再有人所不能經歷、感受的經驗或想像出現在現實主義寫作中，是不可思議的，也是不能容忍的，更不要說在十九世紀會成為經典了。

緣於閱讀的限制，至少在中國對十九世紀的經典翻譯中，在那些偉大的現實主義寫作內，再難檢索出人無法實施、檢驗的生命與生活經驗了。面對統治了十九世紀的現實主義言，有一種強烈的發生——最使二十世紀文學值得記憶和回味的，是在十九世紀寫作中，幾乎所有偉大的作家在他所處的國家、環境和語言內，都有過驚天動地、翻江倒海的被簇擁、恭敬、崇拜和爭論。回想《少年維特的煩惱》問世時，在整個歐洲所引起的轟動和效應，以至於會有人生彷徨的青年，自殺也要模仿小說中的情節而開槍；想像《親和力》在出版上市時，半夜起來排在書店門前的讀者們，如飢餓的人們在麵包店門前排隊購買麵包樣；狄更斯的小說在報上連載時，那些英國鄉村的年輕人，在村頭等待郵車的到來，而當看見叮噹作響的郵車出現時，年輕人衝上郵車，僅僅是為了儘早讀到狄更斯小說連載的下一段；屠格涅夫的《父與子》，因為小說中的人物到底是左派還是右派的論戰，曾經導致彼得堡這座城市的遊行和打、砸、燒，長達三年都無從休止過；而斯托夫人的《湯姆叔叔的小屋》，則直接刺激並導致美國國內的一場戰爭，呼喚、動員了廢奴主義的興起，影響著整個美國歷史的轉折和走向……凡此類事例，就傳統經典言，在二十世紀幾近罕見與絕無，由此我們可以更客觀地理解在十九世紀的現實主義寫作中，作家對人和人所處時代困境的關注有多麼深刻與廣泛。一個偉大的現實主義作家，在那一時期裡，不關注人的存在和最尖銳、普遍的社會矛盾，怎麼會配得上「靈魂工程師」這崇高之美譽。於是，人的人生經驗和社會經歷，便成了文學幾乎唯有的寫作資源和意義。

一句話，十九世紀的寫作，人的可經歷、感知的經驗，完全取代並統治了那些在文學中只可以想像但不能經歷的文學經驗。這種可經歷、檢驗的經驗真實，成了文學真實的唯一的存在。而捨此，在十九世紀的寫作中，其餘的文學經驗與真實，都是大道與小路、主潮與浪花、正宗與旁支的關係了。

六、被窄化、限制的文學經驗與真實觀

人對現狀之不滿足，是包括文學在內的人類向前運轉的唯一軸輪和力量。作家對他所處時代之文學的耿耿於懷、千詰百問地懷疑和審視，是文學向前成了今天這樣兒，而非昨天、前天或更早、更古老時光中的樣貌與固守。終於，偉大的十九世紀文學，在它的鼎盛高峰中，迎來了天才們的懷疑和詰問。為什麼寫作一定要這樣而不能那樣呢？為什麼我要在你的豐碑下每天叩首寫作呢？人類的生命經驗——可實施的經驗和不可實施、但可感知想像的經驗——是如此的龐雜豐富、千姿百態而又無奇不有，為什麼我們的文學真實，卻只能有那些可發生、感知的經驗來驗證和約束？人的個體經驗，一定要受制於龐大的社會經驗嗎？人為什麼一定要是歷史中的人，而歷史又怎麼不能成為個體人的經驗存在呢？在文學面前，到底是歷史大於人，還是人要高於、大於歷史呢？是誰制定了可落地實施和感受的經驗，才是驗證文學真實的唯一標準？難道宙斯派「夢幻」去通知阿伽門農攻打特洛伊城，不是我們人類的生命經驗嗎？難道但丁給我們展示的地獄、煉獄、天堂，因為我們不可經歷與驗證，就應該在我們的寫作中消失殆盡嗎？《荷馬史詩》、《變形記》、《神曲》和《山海經》、《搜神記》、《聊齋志異》等，它們給我們描述、展示的故事和時空，真的只屬於浪漫和想像，而沒有文學的生命真實嗎？為什麼在今天傳統經典的寫作中，這樣的想像幾乎蕩然無存了？偉大的現實主義，是不是把文學中的生命經驗，完全等同於歷史存在與人的生命和生活過程了？

十九世紀偉大的文學——那種完全把人與社會的經驗導入文學正宗皇位的寫作，使得人類的文學，終於到達了鼎盛和高峰，卻也終於讓文學似乎再無前行和攀越之可能。於是二十世紀的天才們，開始了另闢蹊徑的寫作。要知道，真正偉大的作家，都是一些不安分的天才。因為不安分，才要擺脫原有的固守重新去開拓。今天在中國，對二十世紀文學最普遍的理解是各種形式的創新和主義。甚至，更根本也更武斷的分析是，十九世紀是「寫什麼」，二十世紀是「怎麼寫」。於是，數千年豐富的文學，到今天就只有一個問題——寫什麼和怎麼寫的較量與辯證。如此文學便被挽上死結了，二十世紀的文學，似乎除了各種主義的形式外，再無別的建樹和創造。

在這兒，我們沿著經驗與文學真實的路徑走下去，重新回到十九和二十世紀文學中。如果說十八至十九世紀的偉大寫作，終於把人的可親歷和感知的生命與生活之經驗，扶正至文學中的方方面面——尤其那種人可感知、經歷的人生經驗和社會經驗，在故事中遮天蓋地、面面俱到，使讀者透過這樣的描述，重新認識了人類生活和世界的話，那麼毫無疑問，二十世紀的文學，則是在十九世紀的基礎上，讓讀者重新認識了人——你自己——在世界上的存在經驗和生命過程。換句話說，十九世紀文學讓你深刻地認識你所處的世界和人生；二十世紀文學讓你更深切地體會個體的你在世界上的存在和生命。十九世紀的文學是寫給廣大讀者的，以深刻地獲得更廣泛的讀者為己任；而二十世紀文學則以擺脫「大眾」讀者為出路，以寫給那些讀者中的讀者為己任。用「精英寫作與精英閱讀」來形容這種寫作固然不準確，但在二十世紀初，那些如雨後彩虹般絢麗而耀眼作家和作品，如喬伊斯、卡夫卡、普魯斯特、吳爾芙和福克納，在二十世紀前三十年的寫作與成功，客觀上是因對十九世紀與現實主義寫作的反動而成功，是對一些固有讀者的擺脫和重新俘獲而成功。這很像在詩歌的國度裡，一個詩人寫出了絕多讀者可以接受、理解的詩歌而大獲成功後，另一個詩人寫出了前詩人的讀者無法理解、接受，卻更為深奧的詩歌而獲得同樣的成功樣。前者的詩作意義是讀者直接從詩中讀出和感受的；而後者，詩作的意義是通過詩評家分析傳遞給讀者接受的。景況正如此，十九世紀文學的偉大，是讀者直接從小說中閱讀、感受得來的，批評家只是讀者中的一部分，他們並不比一般讀者更早地閱讀、理解和接受，只不過許多時候，讀者在籠統感受一部偉大作品之好時，批評家將其說出了一、二、三，如杜斯妥也夫斯基的作品、讀者與巴赫金的關係樣；如中國作家張愛玲與讀者和夏志清的關係樣。但這種情況到了二十世紀初，那些偉大作家與作品的出現完全不同了。普通的讀者並非真正意義上的「第一讀者」。真正的第一讀者是文學批評家。尤其在二十世紀文學興起時，批評家是讀者中的讀者，他們和那些充當了批評家的作家們，率先對作品閱讀分析後，達成共識而把作品解說、傳遞給讀者去。如卡夫卡的《城堡》、《審判》和《變形記》；如《尤利西斯》、《追憶似水年華》及吳爾芙和福克納，無不是通過批評家的分析、評判後，才被讀者「啊——原來是這樣！」——恍然大悟地接受著。從某種情況看，二十世紀的許多寫作與接受，與十九世紀的寫作、接受相比較，其最鮮明的差異是，在十九世紀幾乎所有的偉大寫作中，讀者與批評家同為第一讀者群，他們是同一時間閱讀、接受或同一時間反對和爭論作品的人。然而到了二十世紀後，作家的寫作把同為第一讀者的人們分開了。那些文學批評家和充當了批評家的作家們，成了一些作品的第一讀者群，「普通讀者」成了第二讀者群。後者的接受要透過前者的閱讀、過濾、評判來被動地接受和閱讀。而這些構成少數第一閱讀的精英讀者們，視更大、更廣泛的讀者為「普通讀者」和第二讀者群，他們需要第一讀者的分析、評判，才可以、可能接受和閱讀一些作家和作品。於是在他們的分析評判中，「精英作家」出現了，各種學問與主義也隨之而產生。如此二十世紀文學成為了「主義與形式」的載體和被釋者。從這個接受過程看，在相當程度上，可說十九世紀文學的偉大經典是作家和讀者合作完成的；二十世紀的偉大經典，是作家和批評家合作完成的。在這一差異裡，沒有十九與二十世紀文學誰更偉大的評述和畫分，但十九世紀文學是讀者高度參與的；二十世紀文學是批評家高度參與的。十九世紀的讀者是絕對主動的；二十世紀的讀者是相對被動的。由此，我們今天才被引導去認識、理解二十世紀的喬伊斯、卡夫卡、普魯斯特、吳爾芙、福克納、舒茲、穆齊爾，以及晚後的貝克特、尤內斯庫和羅伯—格里耶、克勞德·西蒙等；被分析、誘導地去認識再後的納博科夫和卡爾維諾的部分作品及波赫士之寫作。在這些作家和作品中，讀者被區分為第一讀者群和第二讀者群，或說精英讀者和與之相對的普通讀者們。這些作家與作品的經典過程，是由作家與批評家合作完成的，而非十九世紀的經典是由作家與讀者合作完成的。但在這個世紀間，也有許多偉大的經典，並不單純是由作家與批評家合作而完成，如海明威的寫作與之後美國文學黃金時期的作家群和代表作；如二十世紀下半葉席捲全球的——他們彼此差異很大、卻被批評家們一籃子歸為「魔幻寫實主義」那一大批傑出的作家和作品，還有同樣被籠統歸為「反烏托邦」寫作的作家們，他們被經典化的過程，既非單純是作家與讀者之合作，也非單純地為作家與批評家的相遇。這樣的經典，是作家、讀者、批評家三者共同作用的結果。在這個作用過程中，擺脫作家所提供的文本之本身，區分期間到底是讀者的作用大於批評家，還是批評家的意義大於讀者，再或區分誰先作用了誰是沒有意義的。然就這些作家和作品言，至少讀者又在第一時間參與其中了。這說明二十世紀的文學從整體言，想徹底反動、擺脫十九世紀寫作的不可能。說明十九世紀所推崇的文學中人的可經歷、感知的生命經驗，沒有任何一個時期、任何一種獨一無二的文學，可以擺脫和逃離。——說到底，人的生命經驗才是一切文學創造的資源。

正是基於這一點，可以說二十世紀文學與十九世紀的寫作，表面是二十世紀各種文學的主義和形式，與十九世紀現實主義的差異和不同，而從經驗的根本去探討，是二十世紀那些偉大的作家們，在寫作中對人的生命經驗的不同認識與轉移。是作家們對小說中用以證明真實的來自於可經歷、感知的人生與社會經驗認知的不同。二十世紀的作家們，不再相信文學的真實，只能是眾人可以經歷、感知的經驗。而那些不能人人行為和感知的個體經驗，同樣也是人類的經驗，乃至是更深層的人的生命的經驗。於是，那些必須由批評家率先閱讀、分析後，推薦、傳遞給讀者的作品出現了，寫作中的個體經驗被改變和深化了。因此文學中的真實，從看得見、摸得著的真，擴展到了看不見、摸不著的真，如意識、潛意識、夢和人的幻念、幻覺等，在許多時候取代了可行為實施和檢驗的真。在這兒，當我們將十九世紀文學與古典文學比較時，說十九世紀的寫作，扶正、更替了古典文學中人與歷史的經驗在文學中的承載和地位，也自然去除了神、仙、妖、異這一人類意識的生命經驗在文學中的地位和統治，但同時，在這一過程中，卻也窄化了人類生命經驗的重現與想像。而當我們在讚美二十世紀文學的獨有創造時，我們也不得不承認，二十世紀那種必須由作家、批評家和充當了批評家的寫作者參與完成的經典和創造，一方面拓展、掘深了人的不可行為經歷的生命經驗，把文學的真實，引向了更為實層的精神存在；但另外一方面，卻也同樣窄化了人在現實世界中的社會經驗和歷史經驗。

原來，就文學的資源——數千年人類的生命經驗看，文學的寫作進展是一個經驗窄化的過程。在這個窄化的限制內，文學的真實，卻是被一步步地拓寬、掘深著。今天，我們相信人的可經歷、感知經驗在文學中的絕對真實性，但同時也不懷疑神、仙、妖、異在文學中的呈現，也同樣擁有相對的文學真實性。而當十九世紀的現實主義把神、仙、妖、異的真實從文學中推到邊角取而代之時，二十世紀的文學，卻把這種被推向一邊的想像中的精神（生命）存在，轉換成了人的精神意識、潛意識、夢和幻念、幻覺等。原來，文學的真實是以人的生命經驗為圓心，圍繞著這一圓心旋轉的古典文學中的神、仙、妖、異的文學呈現，和以這一圓心為基礎的現代文學中的意識、潛意識、夢、幻念與幻覺等，構成了文學自古至今的經驗場和真實觀。無論遠古的文學多麼神奇、神祕和偉大，也無論今天的文學多麼現實和真實，多麼的意識、潛意識、夢境、幻覺等，擺在我們面前的問題是，古典文學有古典的經驗場和真實觀；現實主義有現實的經驗場和真實觀；現代主義有現代主義的經驗場和真實觀。而當文學到了二十一世紀、到了二十一世紀都已恍然過去二十多年後，可屬於二十一世紀，與十九、二十世紀的不同寫作是什麼？屬於二十一世紀文學的經驗場和真實觀又是什麼呢？

文學中人與歷史的經驗是有邊界的，這種經驗的真實是有可感知、實施準則的。但在寫作中，文學的真實卻是沒有邊界的，是可以無限地拓寬和探求的。那麼屬於二十一世紀的文學真實，除了現有的文學真實外，它在沒有邊界的文學真實的場域裡，探求新的文學真實的筆端和箭頭，應該朝著哪個方向走？

七、二十一世紀的文學真實在哪裡？

回到中國的當下寫作中，本書開篇那句話說：「我坐在碼頭上，太陽像一張薄薄的紙墊在屁股下。」這句話完全違背生活邏輯的敘述，它到底喚起了讀者內心什麼樣的真實存在呢？是什麼樣的生命經驗，在生活中無可經歷和感知，而在我們頭腦、意識、精神中，卻又千真萬確地存在著？那就是太陽的文化寓意和精神之象徵，無論它是人類的希望，還是某種精神意識的暗喻，再或如但丁在《神曲》中的描述樣，只有上帝才是人類的太陽——但當它成為一張「薄薄的紙墊在屁股下」時，它終是喚起了人們集體無意識的覺醒。喚起了讀者對盲從意識的反感與反動，獲得了一種新的邏輯和真實性。由此想到在中國古典名著《三國演義》中，作家對「神人」諸葛亮的塑造，自古至今再也沒有如此成功、鮮活、又靈動入木的人物了。在《三國演義》中，作者不惜筆墨地敘述、描繪了諸葛亮「借東風」和設計製造「木牛流馬」的最為神奇的情節與故事之轉折——前者在神機妙算間，起臺焚香、拜佛求天，終於在幾天之後的浩渺水面上，迎來了起波捲浪的浩蕩東風，從而完成一場水戰中的「草船借箭」和「火燒連營」，為「三國」鼎立奠定了軍事基礎；而後者的「木牛流馬」，則是為了解決軍隊的千里征伐，後勤運輸跟不上時，由諸葛亮設計製造的如永動機般不用飲食草料的「木牛流馬」，來運輸軍中糧草，從而完美地解決了戰爭中的後勤問題。此二情節，在小說中對於秉持現實主義的批評家是不可思議的，尤其對《三國演義》這樣的歷史小說，不僅是現實主義的，而且在一定程度上，又是「歷史紀實」的，於是作為現實主義人物的諸葛亮，這些「神蹟」或說「迷信」的情節和設置，便成了批評家們詬病的筆墨和資料。但對於讀者和文學真實言，正是這樣神蹟的情節和描寫，讓諸葛亮這個人物真的成了「人之神」，成了文學作品中——而非真正戰爭中——的軍事家和最獨一無二的文學人物。設若在小說中沒有這些神蹟、神奇、神事及神物的情節與細節，作為文學人物的諸葛亮，將是多麼的遜色和缺少靈動耀眼的詩意與光芒。這樣的情節與細節，在生活常識的邏輯上，如把「太陽坐在屁股下」樣悖理而不可能，但在文學的真實上，卻是千真萬確的真實和稀缺。生活的邏輯是現實主義經驗的真實之必然，而在現實主義以外的寫作中，某種文學真實卻又是超越這種邏輯經驗之必然。沒有這種超越經驗邏輯的必然，也就沒有所有現實主義之外的文學真實和真實觀。而且這樣的文學真實和真實觀，它不僅是一種超越經驗真實的超現實，而且是一種建立在經驗真實上的更真實。由此去分辨微細的「把太陽坐在屁股下」和巨大的「木牛流馬」與「借東風」，前者是發生在個體「意識間」的事；後者是發生在群體「人世間」的事。這就出現了兩個不同的「故事場」，前者的故事場與二十世紀文學相聯繫；後者的故事場，與《荷馬史詩》、《變形記》、《神曲》及《西遊記》和《聊齋志異》故事中的「人神共域」相類似。如此間，我們從中外文學中，便可以看到文學自古至今之變化的根本來路和律條：文學的發展與變化，不僅是文學對生命經驗的認知之變化，而且還是產生、演繹這些生命經驗的經驗場域之不同——關於生命經驗的場域與發生，我們可以在另外的篇章去討論。而這兒，回到生命經驗的論述時，回到個體意識和人世間如「借東風」與「木牛流馬」的差異問題時，它闡明了二十世紀的文學真實有二十世紀的故事場，十九世紀的文學真實有十九世紀的故事場，古典文學的文學真實有古典文學不一樣的故事場。那麼文學到了二十一世紀，它的文學真實又是什麼呢？這種真實的故事場域又在哪兒呢？

——這也正是二十一世紀寫作的困境之所在。

是新世紀文學的絕處和盤繞。

我們不知道今天不同於二十、十九、十八世紀和古典文學不同的文學真實是什麼，不知道該到哪種場域去尋找新的文學真實和故事場。從這種困惑和困境中，去看當下中國文學之寫作、去看個體意識的「把太陽坐在屁股下」，和集體的「借東風」及「木牛流馬」等，不僅是說它們在故事中寫了什麼和完成了什麼，更為重要的是，它們讓我們看到了它們和二十世紀及古典文學有什麼聯繫和變化，與當下文學有什麼不同和未完成。

未完成的才是我們的最大困惑和希望。

中國文學在古典文學中，已經完成並超越了人可經歷、感知經驗以外的神、仙、妖、異之寫作，但諸多原因，我們沒有真正完成十九世紀寫作中人的生命經驗與歷史經驗對文學全面的覆蓋和替代，更沒有完成——甚至是沒有真正開始——嘗試與創造二十世紀文學中超越人的可經歷、感知的人生與歷史經驗的意識、潛意識、夢境、幻覺等個體更豐富的生命經驗之寫作。在這一方面，中國當代文學幾乎沒有留下太多真正的經典來。然而當下中國的人與歷史和現實的豐富、複雜和荒誕，卻又是與世界同步的，乃至是更為超前的。個體與集體，在現實社會中的龐雜、荒誕和在世界上的超前性，與文學中單純個體生命經驗的巨大滯後性，構成了當下寫作與現實的巨大落差，加之意識與意志對今日寫作想像的規範和約束，這就使得中國文學比之於現實與歷史之本身，都存有巨大的真實之間隙、空白和落差。然也許這時候，也正該是我們去探求、找尋、建立在人的生命經驗基礎上的新文學真實——那種可超越感知、實施經驗的與十九、二十世紀文學不同的二十一世紀的文學真實到底是什麼、又在何樣的空間場域裡？

說到底，我們的生命、生活經驗是可實施、感知有著邊界的；而文學的真實與真實性，是既可建立在可實施經驗的基礎和感知上，又可建立在不可實施經驗而只能依靠想像感知的沒有邊界的基礎上。文學不僅要為經驗而存在，更要為超越這種經驗邊界的只可想像感知的真實而存在。

第二章

從真實到不真之真

八、真實與真實性

事實

中國人吃飯用筷子，西方人吃飯用刀叉，這是人類千百年的經驗與事實，千真萬確、無可疑惑，如樹往高處生、水往低處流樣真確無爭議。由此行踐到寫作上——當事實走入一種創作時，包括中國散文在內的所有非虛構，對事實的偏離或虛擬，都是文學道德的權衡和良知、過之或失衡，無異於記者對親歷之虛構，法律的繩索不一定會套到你的脖頸和手腕，但一定會在擁抱你後的第二天，有一場透雨在你良知墳墓的頭端灌出一個洞，讓泥黃的雨水灌到你生前挖就的寫作倫理的墓地裡。

不過話又說回來，上帝也很怕無神論的人，一如水也常常繞著山腳走一樣。一個文人如果身上沒有事實的倫理情愫了，他也就成刀槍不入的義和團勇士了。

真實

事實是真實之發生，但真實不一定就是事實之發生。事實對生活和體驗，一定是絕對之真實。一如糖和肉，確實比黃連、苦膽的口感好，即便沒有嘗過黃連和苦膽，那麼喝一口誰人的中藥之熬湯，也就知道糖和肉的美好了。然而事情反過來，一生只吃糖和肉的人，是無法相信黃連之苦的，這正如當事實脫離了生活中的發生場，進入文學後，也不一定成為真實樣。幾天前，我們寫作班的同學告訴我，幾個月前在上海，新型冠狀病毒 Omicron 變異株導致的災難走向「全域靜態」[1]間，上則千辛萬苦，下則怨聲載道，醫療和蔬菜的急缺，彷若貧窮對錢財的渴求樣。然就這時候，上海某醫院驕傲地曝光病床上躺的一個外國人，陽具四十餘天堅挺而不倒，最後經醫院醫生們的各種會診和治療，才成功地治好了這位先生的「不倒症」。由此，這位青年作家感嘆道，文學上有「不真之真」之存在，怕也還有「真之不真」之存在。

我為同學的感悟而驕傲，也為同學說的生活的事實並非都可以成為文學的真實而激賞。生活的事實和文學的真實在很多時候是一回事，很多時候又非同樣一回事。文學的靈魂是真實，新聞的靈魂是事實，這是同一塊土地上相鄰著的兩戶人，他們雖在同一個村，同在一塊土地上，但他們是不同

1　編案：二〇二二年三月三十日，上海實施全域靜態管理，六月一日復工。

族、不同姓的兩戶人，彼此之先祖，一個是南轅，一個是北轍。有時候，作家把事實寫入文學就有了真實性，如《戰爭與和平》，太多的細節完全來自托爾斯泰對戰爭的採集和收存。然到了《安娜．卡列尼娜》之寫作，儘管其故事來源於媒體報導的一則女性自殺案——完全是一樁生活事實之悲劇——可《安娜．卡列尼娜》所呈現的，卻與那事實幾無相關，全都成了那個時代貴族故事的「真實」了。《古拉格群島》是因為「事實」而偉大；《安娜．卡列尼娜》、《復活》、《罪與罰》、《卡拉馬助夫兄弟們》與契訶夫的全部之寫作，都是因為非事實的真實而偉大。而《死屋手記》、《齊瓦哥醫生》、《生活與命運》等，則因為事實和真實並存乃至均衡而偉大。

俄羅斯文學對文學的事實與真實的解析與實踐，像一個旅者的雙腳和他手裡的地圖樣——一個手捧地圖而心有方位的人，雖有時也會去問路，但問路之目的，要麼是為了證實那地圖的過時和不準確，要麼也就是為了讓自己從心裡說出一句「方向正這樣！」而為自己的正確會心一笑吧！

真實中的可能性

文學的真實常常以事實為鄰居，有時他們如一家人中的兄弟般，讓人混淆是在所難免的。更何況許多時候作家為了真實和超越真實的真實性，而有意把故事「故弄事實」朝著「煞有其事」的方向走。魯迅的〈一件小事〉，是這方面最典型的寫作和據證。〈孔乙己〉、〈故鄉〉、〈社戲〉、〈祝福〉、〈在酒樓上〉等，這些讓讀者深動心魄的經典，其小說中的藝術真實感，完全超越我們所理解的真實和事實，到了「竟然這樣！」的境地裡。可在這些小說中，倘若不是魯迅借助「我」的第一人稱朝著「絕對事實」靠攏和佐證，那麼故事就會從「竟然這樣！」走到「怎麼可能會這樣？」在這兒，是「我」的——絕對事實的出現，把故事從「怎麼可能會這樣？」拉回到了「竟然這樣。」而這兒的「我」——在論家說的是「第一人稱」和視角，而在作家這一邊，不僅是視角和人稱，其更為重要的，是為了絕對事實般的「真」和「更真實」，所以才借助人稱去擁抱「現實」和「事實」。

〈故鄉〉小說的開篇第一句：「我冒了嚴寒，回到了相隔二千餘里，別了二十餘年的故鄉去。」[2]〈在酒樓上〉上的第一句：「我從北地向東南旅行，繞道訪了我的家鄉，就到S城。」[3]就是到了〈祝福〉中，小說的開頭首先用了百

2 魯迅：《魯迅經典全集》小說卷，湖南人民出版社，二〇一五年九月版，第六十一頁。

3 魯迅：《魯迅經典全集》小說卷，湖南人民出版社，二〇一五年九月版，第一六六頁。

來字描述舊曆過年的風俗和爆竹，接下來作家就又緊跟緊地追著說：「我是正在這一夜回到我的故鄉魯鎮的」[4]……在魯迅的許多小說敘述中，我們當然可以理解他是為了第一人稱那種自然天成的敘述真實感，但在文本上，這個第一人稱把事實、真實和可能性巧妙地魚目混珠了。以中國人每讀必為之心動的〈故鄉〉論，小說的初始用了豐沛的筆墨寫了故事中的「事實」──「我冒了嚴寒，回到相隔二千餘里，別了二十年的故鄉去」，之後魯迅開始描寫這二十年的故鄉之變和人的變化及回來的目的是搬家──「搬家到我在謀食的異地去。」由此順理成章，自然環扣地寫出那些想要他家舊家具的村人、鄰人和閏土。這一切都和「事實的發生」一樣真實和實在，完全可以當作現實的事實去閱讀。然而在這順理成章中，「豆腐西施」出現了。豆腐西施悄悄然把這種

4 魯迅：《魯迅經典全集》小說卷，湖南人民出版社，二〇一五年九月版，第一四九頁。

「生活的事實」轉移到了虛構中的可能裡。回想在〈故鄉〉的故事中，作為敘述者的魯迅，毫無疑問是生活中存在的真實和事實，而作為小說人物的豆腐西施，卻不是生活存在的真實與事實，而是虛構中的存在和人物。因之楊二嫂的出現和楊二嫂從「西施」變成了「兩手搭在髀間，沒有繫裙，張著雙腳，正像一個畫圖儀器裡細腳伶仃的圓規」[5]——不僅從事實走向了虛構，而且從「是這樣」走向了「可能這樣」。繼而故事發展至楊二嫂想要魯迅家的各種木器時，魯迅說「我並沒有闊哩。我須賣了這些，再去……」[6]後，不等魯迅說完，楊二嫂就搶了話題道：「阿呀呀，你放了道台了，還說不闊？你現在有三房姨太太；出門便是八抬的大橋，還說不闊？嚇，什麼都瞞不過我。」[7]——這段話的意義，不僅栩栩如生地寫出了二十年後「西施」成了在生活中

5　魯迅：《魯迅經典全集》小說卷，湖南人民出版社，二〇一五年九月版，第六十六頁。
6　魯迅：《魯迅經典全集》小說卷，湖南人民出版社，二〇一五年九月版，第六十七頁。
7　魯迅：《魯迅經典全集》小說卷，湖南人民出版社，二〇一五年九月版，第六十七頁。

愛貪便宜、信口開河、指東道西的變化來，更在於說魯迅放了道台、有三房姨太太、出門便是八抬大轎——打破了魯迅作為事實的敘述者，在故事中所呈現的生活的事實和真實，從而由此進入了故事的虛構，讓寫作中的「事實」，朝著非事實的真實滑去了。

一個在生活中並沒有三房姨太太和出門都有八抬大轎的真實的魯迅，被那個敘述故事的魯迅和虛構的文學人物「豆腐西施」——楊二嫂並置在同一故事中，同一場景內，由此我們在作家魯迅的筆下，看到了「三個」魯迅的存在：小說背後的作家魯迅、小說中敘述者的魯迅，和故事中作為小說人物的魯迅——是這三個魯迅，讓我們看到了生活的事實和文學虛構的混淆與統一。魯迅是否當真二十年沒有回過故鄉並不重要，但這像「事實」一樣被寫出來了。魯迅是否當真有沒有三房姨太太和出門都坐八抬大轎也一樣不重要，但虛構的楊二嫂卻因此變得具體、真實、可觸可感了。及至後來閏土和閏土兒子的到來，魯迅所有的筆墨都在虛構中朝著「事實的真實」靠攏和貼近，蓄意逃離著「虛構」和虛構中的可能性。倘若在〈故鄉〉中沒有豆腐西施、楊二嫂，將這篇小說當作非虛構性的散文讀，大約人人都不會有什麼異議和懷疑心，除了那些以生活事實為真理的，專門考據魯迅生平的論家和傳記作家們。

在中國作家中，自古至今沒有一個作家的小說寫作，渴望逃離虛構二字而如魯迅那樣苦心經營了。魯迅對真實——乃至於對「事實的真實」，到了虔誠和敬拜，如同最忠實的信徒對神的跪拜樣。可以說，在文學創作中，如果魯迅相信有上帝在，那上帝的名字一定叫「真實」。就《吶喊》和《彷徨》言，與其說魯迅對國民性的批判是他寫作的魂，倒不如說是他對真實的正視、凝目和逼盯，才是他寫作的信仰和遺產。也正是這個對文學真實的正視，如同對事實發生的逼盯心，才使得魯迅的小說對「虛構」永遠保持一種警惕感，從而在〈祝福〉、〈社戲〉、〈故鄉〉、〈孔乙己〉，乃至於在〈藥〉、〈阿Q正傳〉及〈傷逝〉等短而偉大的經典裡，都始終瀰漫著「曾經發生」的紀實性。因為在這些作品裡，都瀰漫著「事實」上的虛擬紀實和紀錄，也才會出現二〇〇九年，日本作家大江健三郎到北京的魯迅博物館，看了魯迅的手稿後，趴在魯迅的塑像上失聲哭泣那一幕。這讓我和當時在場的所有人，都愕然、肅穆而不知所措著。及至憶起二〇〇六年，大江健三郎在中國社科院的會議室，告訴大家說他之所以熱愛文學和寫作，始自於從愛讀書的母親那兒，讀到了魯迅最真實的小說〈故鄉〉這一篇。更具體地說，是在〈故鄉〉中讀到了小說的結尾兩句話：「希望本是無所謂有，無所謂無的。這正如地上的路；其實地上本沒有路，走的人多了，也便成了路。」[8]

大江健三郎說他是讀了最真實的〈故鄉〉和〈故鄉〉中的這兩句話，開始決定走出日本四國的森林到東京去求學。開始把這兩句話記在心裡，並寫出來貼在床旁牆壁上，開始了他的文學和人生。由此可見，魯迅和〈故鄉〉中來自於虛擬事實的力量和意義。至於這裡的事實，是魯迅向紀實靠攏創造出來的，還是魯迅借助生活的經驗完成了虛構的真實提供的，它都在說明小說的真實——是小說寫作最大的要義和髓核，而非其他別的小說元素和組成。

真實是小說的核心和圓心，其餘都是繞此而就的一個個

8 魯迅：《魯迅經典全集》小說卷，湖南人民出版社，二〇一五年九月版，第七十一頁。

的圓。一九三三年，魯迅在他的《南腔北調集》中寫了〈我怎麼做起小說來？〉，其中談到「人物的模特兒也一樣，沒有專用過一個人，往往嘴在浙江，臉在北京，衣服在山西，是一個拼湊起來的腳色。」[9]到此，我們也才可以真正領悟魯迅小說中的事實、真實和虛構，在他寫作中的混淆和互動，彼此的遮掩和因果，對我們後來寫作關於真實性和可能性，乃至於小說中並不以事實、真實為基礎的真實性，都有著怎樣的啟迪和影響。

魯迅小說的偉大，正在於他對小說事實、真實和可能性的理解與把握。他永遠把目光凝聚在事實和真實上。他以虛構的事實去警惕虛構中的不真之真，和無法驗證的真實與無法確定的真實性。就連〈阿Q正傳〉、〈藥〉和〈祝福〉等，魯迅也要在「紀實」的真實上寫下注腳，才開始去書寫小說

9　魯迅：《南腔北調集》，譯林出版社，二〇一四年一月版，第八十八頁。

超越事實的真實和可能性。

一句話，魯迅的經典作品，除了《故事新編》外，在寫作中，一定是要他故事中的真實——以發生和可以發生的事實為鄰居，然後才去書寫虛構中可能會發生的真實來。這是今天我們當代文學關於真實和真實性最重要的根源與依據，也是關於小說可能性和真實性最大的局限與約束。

懷著一種冒犯和危險，當以可能性為寫作的討論問題時，我們來到魯迅深解的日本作家芥川龍之介的寫作上，便可以看到魯迅把《彷徨》與《吶喊》中的可能性，幾乎完全建立在事實上的真實上；而芥川龍之介，則在我們耳熟能詳的他的短篇小說，如〈鼻子〉、〈羅生門〉、〈山藥粥〉、〈竹林中〉和〈地獄變〉等等寫作裡，異常清晰地將這些真實都建立在虛構的真實上，而讓小說的非事實的可能性，變得更為鮮明和突出。甚至在芥川龍之介某些小說中的可能性，要以與事實拉開的距離為依託，完全把真實根植在僅僅是可能發生，而不是一定會發生的土壤上。以其每個讀者都可記憶述說的〈竹林中〉為例，其最典型的是讓他的故事與真實為鄰居，卻又讓讀者看到可能性與真實發生的距離、隔牆、門窗之寫作。這篇以七段供詞組成的經典，其供詞在形式上的敘述法，讓讀者感到被加強了的事實和真實，如同魯迅在他的許多小說中，都要有「我」的開場和敘述樣。然而在這供詞的內容上，在「多襄丸的供詞」中，我——強盜多襄丸說是他殺了女子的丈夫；而在「一個女人在清水寺的懺悔」供詞裡，那個被殺者的妻子又說是自己殺了丈夫；到「亡靈藉巫女之口的供詞」內，那被殺的丈夫又借助巫女之口，說是自己殺了自己——這就由文學轉入了哲學上的「羅生門」。

但我們回到文學的真實和可能性上去，在這三段供詞中，如果多襄丸、女子和死者，都在供詞中指證、指責別人是凶手，而自己只是無辜者和受害人，這毫無疑問是近鄰生活經驗的「事實之真實」，但當這三人都爭說自己是凶手時，故事的真實就跳躍、超越了生活經驗之真實，而躍入了我們說的那種和真實拉開距離的可能上——由此非事實的真實可能性——「超真之真」站出來了，它讓我們看到經驗和可能性之間的距離與隔牆在。在這兒，我們決然不會說這種超越經驗真實存在的不可能，因為故事是以供詞的形式講述的，而供詞本身又深含「事實性」，從而〈竹林中〉的故事便起步於事實（形式），走過真實而躍升至離開真實的可能性。

回到魯迅的小說上。魯迅在《吶喊》和《彷徨》裡，幾乎全部的寫作都不讓可能性跳躍事實而逃去。為此，他總是以「生活事實」為敘述的開始和方法，不僅〈一件小事〉、〈孔乙己〉、〈社戲〉、〈故鄉〉、〈祝福〉、〈在酒樓上〉是如此，就是〈阿Q正傳〉、〈傷逝〉等，也都一樣是如此。在討論小說的事實、真實和真實性時，不是說魯迅小說的事實性，大於芥川龍之介寫作中事實性，而芥川龍之介小說中的可能性，大於魯迅寫作中的可能性，而是說魯迅給我們提供的真實可能性，更趨近於生活與現實的事實性；而芥川龍之介小說的真實性，更趨近於小說虛構中非事實的可能性。魯迅多把小說中的虛構蓄意隱藏在生活事實下；而芥川龍之介則把虛構一步步赤裸裸地攤開來，唯恐讀者看不到他的虛構和虛構性。魯迅小說的真實性，更仰仗生活經驗之真實；而芥川龍之介許多小說中的可能性，則更具一種想像力和放射開來的開放性，使小說中的可能性更為寬廣和鮮明。他們彼此在真實方向上的不同和差異，才是他們彼此在真實性上的不同和偉大。也正是從這個角度說開去，魯迅的《故事新編》，也才更有虛構之價值，更具有一種偉大藝術的可能性和開放性。

真實性

在虛構作品中，事實是一種生活的必然之發生。真實是生活的發生或可能會發生。而其真實性，則是曾經發生和可能發生或在生活經驗中，必不發生而存在的一種真實感。

之所以反覆聒噪這人盡皆知之常識，是因為烏鴉只有鳴叫不止，人們才會意識到，牠的叫聲也有一種烏鳴之美感，如同只有孤狗才能品出骨頭風乾後的餘香樣。

圍繞在過往中、日作家的寫作中，有趣的是魯迅對蒲松齡的寫作有很高之評價，他在《中國小說史略》中說：「《聊齋志異》雖亦如當時同類之書，不外記神仙狐鬼精魅故事，然描寫委曲，敘次井然，用傳奇法，而以志怪，變幻之狀，如在目前……偶述瑣聞，亦多簡潔，故讀者耳目，為之一新。」[10] 然而魯迅之寫作，和《聊齋志異》則幾無瓜葛與聯繫。這多少如杜斯妥也夫斯基和果戈里的寫作樣，前者深愛後者之寫作，卻在各自的文本中，少有絲線的牽扯和聯絡。回到魯迅和蒲松齡的生平中，那個生於一八九二年的芥川龍之介，備受魯迅的推崇和喜愛，卻又深受《聊齋志異》的寫作之影響，甚至還把蒲松齡的志怪傳奇〈酒蟲〉進行了重寫再創作。而在我們討論的「小說的不真之真」這一命題

10 魯迅：《魯迅全集》第十八卷，人民文學出版社，二〇〇五年一一月版，第二一六頁。

上，就中國的古今文學言，再也沒有比《聊齋志異》更值得關注、凝視的文本了。

《聊齋志異》可謂中國文學「不真之真」之集大成。就《聊齋志異》中的短篇言，並不為讀者、評論家過多談及的〈快刀〉、〈孫生〉、〈紅毛氈〉和〈小棺〉等小說，它們既非仙妖孤魅之寫作，也非〈王司馬〉、〈張氏婦〉、〈亂離二則〉那樣的現實傳奇之寫作。就其小說中內部的可能和不可能中的真實性，〈快刀〉、〈紅毛氈〉與〈孫生〉可謂是沙土中的金子，耀眼得一眼讀之會使人的目光亮起來。

> 紅毛國，舊許與中國相貿易。邊帥見其眾，不許登岸。紅毛人固請：「賜一氈地足矣。」帥思一氈所容無幾，許之。其人置氈岸上，僅容二人；拉之，容四五

人；且拉且登，頃刻氈大畝許，已數百人矣。短刀並發，出於不意，被掠數里而去。[11]

譯文為：

紅毛國，過去朝廷准許他們和中國貿易往來。邊界官吏見他們人多，不許他們上岸。紅毛國人堅持請求說：「只要賞我們一塊氈子大小的地方就足夠了。」這邊官想，一塊氈子容不下幾個人，也就不同意了。於是他們把氈子放到岸邊上，氈子只能容下兩個人；拉一下，又容下四五個人；一邊拉氈子一邊登上岸，轉眼間毛氈擴大到一畝地大小，已能容納數百人。這時，他們抽出短刀，一齊進攻，由於出其不意，被他們搶掠了好幾里地

11 蒲松齡：《聊齋志異》卷九，于天池注，孫海通、于天池等譯，中華書局，二〇一五年四月版，第二三四五頁。

才離開。[12]

脫開這篇小說中的紅毛國——荷蘭或英國，再或是指整個的歐洲諸國的侵略和陰謀，純粹回到小說的可能和不可能中的真實性上來，〈紅毛氈〉幾乎打開、並道盡了某種寫作可能與不可能的真實性的全部機密和暗箱。從毛氈上僅能站立的兩個人，到一拉一拽可以站立五六個，再到拉拉拽拽有一畝那麼大，可以登岸站立數百人。如此突然的短刀廝殺，攻掠搶劫，從而完成了蓄謀已久的侵略和掠奪。這篇小說的構思、展開和結尾，完美如一股春風轉為了一場龍捲風，縝密嚴謹，情理得當，神祕而有力。其一塊紅毛氈的大小變化，自然是超常、超奇到不可能，那麼我們為什麼就相信了它其中的真實和真實性？

12　蒲松齡：《聊齋志異》卷九，于天池注，孫海通、于天池等譯，中華書局，二〇一五年四月版，第二三四五頁。

一、因為我們在生活中，幾乎人人都相信皮筋和橡膠拉拉拽拽的變長或變大，這裡有物理的因果真實在，有生活經驗中的事實和真實性。

二、紅毛國——無論是指荷蘭、英國或歐洲哪一國，我們相信他們的科技之發達，能創造出太多神奇、神祕物，如那時的鏡子、洋槍和照相術。

三、畢竟小說寫到了搶劫數里之掠奪，它喚起了中國讀者對西人顫顫巍巍的警覺心，尤其這一百多年來，中國對外侵的記憶深刻如刀割，留下了普遍難以治癒的記憶和傷痛。這種記憶之傷痛，在無限地增大著讀者對西人入侵的擔憂和閃回，因此也增大著〈紅毛氈〉的真實和存在感，使得小說故事的真實性，既有荒誕現實中的事實性，又有超越事實的可能性，還有超越可能的不可能中的真實性。

在〈紅毛氈〉的寫作裡，追究會不會發生是愚蠢的。但在其藝術審美中，單純地將其故事停留在傳奇性的趣味審美上，也同樣是審美的狹隘和簡單。是對小說中超越了可能與不可能的真實而凸顯的真實性的漠視和遲鈍。從〈紅毛氈〉到〈竹林中〉，再到魯迅的〈故鄉〉，這是東亞寫作在世界文學中，從不可能的真實性，走向可能的真實和真實性，再到純粹的經驗真實和真實性一路走來的實踐與注腳。

從這些注腳說開去，魯迅文學中的真實與可能，仰仗的是經驗中的事實性。芥川龍之介寫作中的真實與可能，仰仗的是與事實經驗相脫離的可能性。

而在蒲松齡的〈紅毛氈〉、〈快刀〉和〈孫生〉等一批作品中，放棄的是生活真實和真實中的可能性，凸顯了小說超越可能性的真實和真實性，寫出了不可能的真實和真實性。

現在我們將時間倒過來，讓時間如起西流東一樣回到原有軌道上，可以說芥川龍之介讓蒲松齡不可能中的真實性有了可能性，而魯迅又讓芥川龍之介的可能性有了事實性。只是在魯迅或說現代文學後，關於中國文學自古至今中的事實、真實、可能性和真實性，被我們簡化停留在了僅僅所有的事實經驗的真實上——還是據己所需的有選擇的事實經驗上，而非魯迅和現代文學中，盡作家目光之所及，去感受體會所有的物情世事而寫作。換言之，魯迅小說的真實性，來自於建立在事實經驗上的體悟和感受；芥川龍之介的真實性，來自於超越事實經驗的體悟與感受；而蒲松齡小說的真實性，則來自於與事實經驗無關的不可能——純粹精神經驗的體悟與感受。

到這兒，關於真實和真實性——我們可以說寫作以真實為信仰，如蘇珊·桑塔格說的「真實是文學的責任」樣，在作家與寫作的信仰和責任中，真實是經驗的魂靈，而真實性則是真實之魂靈。小說沒有真實性，去談論真實就像談論一具屍體的吃飯、穿衣樣。無論這個真實性是如魯迅一樣建立在事實經驗般的真實上；還是如芥川龍之介的一些寫作樣，建立在超越了事實經驗的可能上；乃或如古典短篇可謂神靈先祖的蒲松齡，把真實性建立在超越了可能性的不可能的基礎上。凡此種種，都在證實著虛構中真實性，才是小說的圓心和骨髓，是事實與真實的魂靈和魂靈性。

九、無法驗證的真實

真實的無法驗證性

昔者莊周夢為蝴蝶，栩栩然蝴蝶也，自喻適志與不知周也。俄然覺，則蘧蘧然周也。不知周之夢為蝴蝶與？蝴蝶之夢為周與？周與蝴蝶，則必有分矣。此之謂物化。[13]

但凡可用中文念報讀書的人，大約都可講出這則莊周夢蝶的故事來。在夢中，莊周看見自己成了一隻蝴蝶，生動愜意，翩翩而飛，然而突然醒來，才發現自己不是蝴蝶，而是莊周。這是莊周在夢中變成了蝴蝶呢？還是蝴蝶在夢中變成

13 （清）郭慶藩撰，王孝魚點校：《莊子集釋》卷一（下），〈齊物論〉，中華書局，一九六一年版，第一一二頁。

了莊周呢？而莊周與蝴蝶，必是有區別之分的。

將莊周夢蝶的故事，從莊子哲學的高位朝下拉一把，讓故事回到文學的席位上，去討論這個夢蝶（或說蝶夢）的故事真實時，會發現這故事沒有真實或不真實的切口可進入。這莊子說他在夢中變成了蝴蝶，抑或是夢中蝴蝶變成了他。這麼說，除了莊子知道真假外，沒有另外一個讀者有任何依據可說這不是真的或說是真的。即便我們人人都做夢，你又能怎樣證明莊子確實做過那個夢，抑或他壓根兒沒有做過那個夢？再或是他確實是做過有關蝴蝶的夢，但夢中不是他成為了蝴蝶或者蝴蝶成了他，而是他從夢中醒來後，用故事之針線，把碎破的蝴蝶夢片連綴起來了，從而才有了這則被哲學化的文學故事來。再或可以更堅定地說，莊周根本沒有夢，只不過是藉夢講了一個故事、寫了一篇小說吧！

到底莊周有過沒有夢、夢中有過或沒有蝴蝶和莊周，爭論像一片荒野中凌亂的荊棘和野花，答案如一片秋風中的碎枝與落葉。

原來自古至今在故事中和文學裡，有一種真實是他人自根自底都無法驗證的。乃至於用自己想像的邏輯之尺度，去丈量真實長短的可能都沒有。特洛伊戰爭是有的，可宙斯和雅典娜之神真的存在嗎？在《神曲》的地獄、煉獄內，那些有名有姓的人物是真實的，他們的祖產、子孫都還在佛羅倫斯城，其子孫後代都還在家裡掛著他們莊嚴的遺像和畫框，並在郊野的墳地裡，直豎著為他們的功績而立起來的紀念碑。然那個漸次縮小的地獄圈層就是真的嗎？天上怎麼會有九個火光熊熊的太陽在炙烤著人類和大地？一個人怎麼可能以自己的巨步而追上太陽的滾動，並將其去射落？人又怎麼可能會是一個女人在河邊，用一根樹枝抽抽打打後，由那濺起的泥點泥滴而成的？可是若不會，那你告訴我，太陽、月亮的父母在哪兒？又是誰把它們編排置放到了宇宙星空的序列裡？人世間到底有神還是沒有神？若沒有神，人類第一個懷孕的女人和使那女人懷孕的男人又是誰？

說到底，人類的文學之真天然就有一種無可驗證性，只不過是我們對真實的理解，由寬泛、包容走向了狹隘的確真、確是和確實，而把那種無可驗證之真實，從我們的經驗和文學中排除在外了，就像一個太子殺了父皇登基後，把父皇的一切都從文字、畫冊、史記中抹刪和塗改，讓後人的記憶除了新皇帝的合法性，其餘都以違背文學律法的名譽束之高閣、扔進過往了。讓那種因為無法驗證，因而也無法爭論或辯駁的真實不在了。使得這樣的寫作至少是從我們的文學中消失殆盡了。而今天，我們重新去找尋那種無法驗證的真實之寫作，不是為了拯救文學的狹隘和被意識特定規範的真實觀，而是為了從東邊推開窗子時，不僅看到東山的日出和光，還能看到並感受到漫天的光亮和整個房屋都在光影裡，能讓寫作從現有的胡同走出來，看到原野、山脈、河流、林地和遼闊，發現生活的經驗確實不能把白雲蒸成饅頭、炒成菜，但文學中那天然存在的不可驗證之真實，是可以把白雲、空氣化為米麵和油鹽，而讓飢餓的真實飽餐和豐滿。

意識區域——無可驗證性之一

我是個有病的人……我是個凶狠的人。我是個不招人喜歡的人。我覺得我肝臟有病，可是我絲毫不了解我的病，而且不知道到底患什麼病。我不去看病，也從來不曾去看過病，雖然我尊重醫學和醫生。[14]

將近一百六十年前，杜斯妥也夫斯基在他的《地下室手記》裡，提筆寫下這段話，我們在後來的一百多年裡，開始反覆的論證他寫了一個窮困、卑微的小公務員夢囈般的內心和對自己內心世界的求證與剖析。但現在我們也還可以說，是杜斯妥也夫斯基透過《地下室手記》，找到了一條讓你我無法驗證真實的寫作之途徑，為自己日後的寫作，開闢了一個讀者可以精神感受而無法經驗驗證的故事場域的新天地。所以拉斯柯爾尼科夫[15]，無論是緣於殺人還是因為別的什麼原因，當他的內心扭曲汪洋、思緒恣意，哪怕那種被我們稱

14 （俄）陀思妥耶夫斯基：《地下室手記》，伊信譯，生活．讀書．新知三聯書店，二〇一四年六月版，第三頁。（編案：臺譯為杜斯妥也夫斯基。）

15 編案：杜斯妥也夫斯基小說《罪與罰》男主角。

為心理獨白的湖海多麼漫溢和橫流，我們都因為不能用生活經驗去驗證這種「發生」和「存在」，而又因為這個作家在這汪洋獨白中，總要從可以發生的經驗裡寫出「事出有因」的經驗依據來，為他寫作的這種非生活經驗可以驗證的心理真實，伏埋了無可辯駁，也無法辯駁的現實主義最內在的一種不可驗證的真實來。

讀者總是從托爾斯泰的作品中讀出可能、可以的經驗性——那種可以感受和驗證的生活經驗，即使不在我們的經驗裡，也一定在他人和這個世界的經驗中。而杜斯妥也夫斯基，把這種可以驗證的經驗，賦予了一種生活經驗的無可驗證性。卡拉馬助夫一家[16]的行為，與托爾斯泰寫作一樣都是可能的，但這一家人那一個個的「前思後想」，卻是超越了生活經驗的可能性，只讓讀者去感受，而無法讓生活經驗

16 編案：杜斯妥也夫斯基小說《卡拉馬助夫兄弟們》主要人物。

去驗證。

有作家一生都致力於可以驗證的經驗真實之寫作。

有作家一生都致力於可以感受而無法經驗驗證的寫作。

倘若杜斯妥也夫斯基的寫作，都還讓他的無可驗證的思緒根植在「思出有因」——那個總是在行為發生上和經驗密不可分的土壤內，那麼《沒有個性的人》[17]中的烏爾里希，其滿滿載載之思緒，細膩有序，則深含著讓讀者無法考察驗證的無可驗證性。

在中國，無論是喬伊斯，還是普魯斯特和吳爾芙，再或遲到太久的穆齊爾，這一脈的寫作，幾乎可以說沒有在我們的文學中留下深刻的延續和痕跡。儘管他們的小說，都被擺在幾乎所有作家的書架上，他們的名字也都幾乎掛在每個作家的脣嘴上，並被刻寫在幾乎所有批評家的筆尖下，但從中國作家的文

17 （奧）羅伯特·穆齊爾：《沒有個性的人（上下冊）》，張榮昌譯，上海譯文出版社，二〇一五年四月版。

本中，我們很難找到有多少他們作品孕育出來的新一代。這是一批由偉大創造出的「頂客族」，東方的文學後人們知其偉大而仰視，卻又因為仰視而避之。而當我們將其原因歸其為難讀難懂、敬而遠之時，一如《尤利西斯》被稱為天書而被擺在書架上——讓它終生被擺在書架上，任由灰塵蒙落和覆蓋；就是有一天，有人將其從書架上抽下來，細心地擦去封面、書背上的灰，也並非是真的為了《尤利西斯》這印刷精美的書，而只是為了整個書架的乾淨和美觀。

普魯斯特和吳爾芙，在中國文學中，都一視同仁地享受這待遇。儘管吳爾芙的《戴洛維夫人》、《海浪》和《燈塔行》，每部作品譯為中文的字數都不超過十八萬字，其中《戴洛維夫人》也才十五萬，更何況中國古典四大名著，每一部字數都在百萬上。《戰爭與和平》、《靜靜的頓河》、《約翰・克利斯朵夫》，也都洋洋幾大卷。中國文化和讀者對「上、中、下」和「三部曲」的愛，是超過世界上太多民族的讀者和文化的。然儘管是如此，也少見有讀者和作家，可以耐心讀完吳爾芙十幾萬字的一本書。有時也會在媒體上讀到那些讀了《追憶似水年華》和《尤利西斯》的人，把讀感和經過寫出來，但多半也是為了證明「你沒讀過，我讀過」，天書我也把它啃咬了。然這閱讀和寫作，和中國文學的汲取和創造，卻是沒有太多關係的。

為什麼？

當然是因為太長和難讀，但更根本的原因是——吳爾芙將其說出來了：「和我們稱之為物質主義者的那些人相反，喬伊斯是精神主義者，他不惜任何代價來揭示內心火焰的閃光，那種內心的火焰所傳遞的訊息在頭腦中一閃而過。為了把它記載下來，喬伊斯先生鼓足勇氣，把似乎是外來的偶然因素統統揚棄，無論它的可能性、連貫性，還是諸如此類的路標，許多時代以來，當讀者需要想像他摸不到、看不見的東西時，這種路標就成了支撐其想像力的支柱。」[18]這段話裡的分野是，「物質主義者」和「精神主義者」，是現代作家到了二十世紀後，一味地對不可驗證的現代性的迷戀，而中國的作家與讀者，對小說可經驗驗證的——物質主義的迷戀和固守。然無論如何說，小說中的具有現代意義的不可驗證性，在世界文學中根植花開了。當讀者無法明白意識流在人物頭腦中的「無端流淌」和他的生活、感受有什麼關聯和共同點，那來自精神感受的共同的經驗土壤也就幾乎不在了。

18 （英）伍爾夫：《論小說與小說家》，瞿世鏡譯，上海譯文出版社，二〇〇〇年十二月版，第九頁。（編案：臺譯為吳爾芙。）

因為露西已經有活兒幹了：要脫下鉸鏈，把門打開；倫珀爾梅厄公司要派人來了。況且，克拉麗莎．達洛衛思忖：多好的早晨啊——空氣多麼清新，彷彿為了讓海灘的孩子們享受似的。[19]

透過柵欄，穿過盤繞的花枝的空檔，我看見他們在打球。他們朝插著小旗的地方走過來，我順著柵欄往前走。勒斯特在那棵開花的樹旁草地裡找東西。他們把小旗拔出來，打球了。接著他們又把小旗插回去，來到高地上，這人打了一下，另外那人也打了一下。他們接著朝前走。我也順著柵欄朝前走。勒斯特離開了那棵開花的樹，我們沿著柵欄一起走，這時候他們站住了，我們也站住了。我透過柵欄張望，勒斯特在草叢裡找東西。[20]

19 （英）伍爾夫：《達洛衛夫人》，孫梁、蘇美譯，上海譯文出版社，二〇〇〇年十二月版，第三頁。（編案：臺譯為《戴洛維夫人》。）

20 （美）福克納：《喧嘩與騷動》，李文俊譯，上海譯文出版社，一九八四年十月版，第一頁。

前文在「達洛衛夫人說她自己去買花」的清晰交代後，露西、倫珀爾梅厄公司、克拉麗莎．達洛衛，以及海灘上的孩子便從意識的通道上，款款地流淌過來了。後文是班基在他生日這一天，反覆不斷地在意識中回想他不同時間、地點的往事和經歷。意識成了往事、未來和人物思緒東去西來的雙向、多向的通道與區域。在這個區域通道裡，發生過的和可能發生的，不會發生的和僅僅是一閃而過的念想、情緒與光點，都可以被文字留下和描述。故事中原有的線性時間被碎亂重新組合了，發生過的經驗和往事，可以和未發生的想像並置在一起。人物和不相干的人，可以同時穿過意識之區域，同一時間來到讀者面前站立或蹲坐。當讀者抱怨人物與故事的跳躍、錯亂時，卻又無法用經驗這一最便捷有力的評判標準來衡定小說的真實性——因為這個意識流的意識區，像一個萬花筒在旋轉中的筒洞樣，它帶來的一切都是「真的」，是無可辯論、無法辯駁的。至此後，當我們談論二十世紀初的那些天才們，與其說他們為我們的文學留下了所謂意識流的創造和經驗，倒不如更清晰地表白為，他們在小說遮天蓋地都是可驗證的經驗真實時，為我們開闢了一種無法驗證的真實新區域。

讀者可以疏遠這些作家和作品，一如這些作家從寫作開始就疏遠、放棄了一些讀者樣，但所有敬重文學探求的人，不能不為他們開闢出來的文學中的無可驗證性——無論是作為內容本身還是方法論，都異常值得脫帽的敬重和敬禮。

夢區域——無可驗證性之二

為什麼魯迅的寫作總是可以成為中國作家各種寫作問題的論據和物證？這是非常值得探討爭說的。百年來，我們對《野草》的敬拜和思解，正如百年來世人對卡夫卡《變形記》的敬拜和思解。《野草》中的每一短章都是獨立的，可將其所有的短章集組在一起，它又毫無疑問是整體的、彼此聯繫的。那最內在整體的聯繫自然是魯迅的思考、不安和對世界不解中的大詰問。但我們回到文本呈現出來的物體、物理上，會看到將這些聯繫在一起的，是黑夜、夢和噩夢中的囈語聲。更具體地說，整個《野草》就是一個思考者的夢囈之描述，尤其我們將〈死火〉、〈狗的駁詰〉、〈失掉的好地獄〉、〈墓碣文〉、〈頹敗線的顫動〉、〈立論〉、〈死後〉等篇什擺放凝目時，看見的不僅是這些篇章開頭的「我夢見自己在冰山間奔跑」；「我夢見自己在隘巷行走」；「我夢見自己在做夢」和「我夢見自己正和墓碣對立」等等這樣的開首之囈敘，而且是這些「我夢見……」，為魯迅、也為讀者打開了一個「無法驗證的區域」。因為這些是魯迅的夢和夢中的魯迅，它天然地含帶了真實和真實的無可驗證性，如同我們無法驗證莊子夢中的蝴蝶和蝴蝶夢中的莊子樣。夢為《野草》的寫作，確立了無可辯駁的真實和無法辯駁的真，一如百姓終將無法知道皇帝會做什麼夢，而皇帝管天、管地也管不了百姓會做和不做什麼夢。在夢的真實和無法驗證的特性上，夢因他人無法驗證而獲得了絕對的公正、信任和真實，為作家的寫作提供了無法驗證之真的自由通行證。

我夢見自己躺在床上，在荒寒的野外，地獄的旁邊。一切鬼魂們的叫喚無不低微，然有秩序，與火焰的怒吼，油的沸騰，鋼叉的震顫相和鳴，造成醉心的大樂，布告三界：天下太平。

有一個偉大的男子站在我面前，美麗，慈悲，遍身有大光輝，然後而我知道他是魔鬼。

「一切都已完結，一切都已完結！可憐的鬼魂們將那好的地獄失掉了！」他悲憤地說，於是坐下，講給我一個他所知道的故事──

「天地作蜂蜜色的時候，就是魔鬼戰勝天神，掌握了主宰一切的大威權的時候。他收得天國，收得人間，也收得地獄。他於是親臨地獄，坐在中央，遍身發大光輝，照見一切鬼眾。」……[21]

21 魯迅：《魯迅經典全集》散文卷，湖南人民出版社，二〇一五年九月版，第一二四頁。

在魯迅〈失掉的好地獄〉的寫作中，因為「我夢見自己躺在床上，在荒寒的野外、地獄的旁邊。」而讓這篇（部）作品的真實，獲得了無可驗證的真實性。夢——這人人都會也必然經歷，乃至於有人夜夜都要有的經歷和事實，解決了作家要敘述中全部虛構的可能性和真實性。當故事是夢或夢是故事，再或所有現實中的可能與不可能，都被作家借助夢與夢境呈現時，所有的虛構都成為真實了，所有的不可能都成為可能了。這兒我們將〈失掉的好地獄〉和〈莊周夢蝶〉一樣當作小說閱讀時，其中的魔鬼、魂靈、地獄、劍樹、沸油等，都如生活之物的空氣、流水、飯食、柴薪一樣獲得了文學的真實感和真實性。

實在是可以將〈失掉的好地獄〉、〈桃花源記〉與〈莊周夢蝶〉這樣的寫作並置在一起，完完全全當成中國最偉大的小說來讀的。它們相一致的虛構性、夢和夢境性，以及無法用經驗驗證的真實性，為文學提供了太多的哲意、思考和情景、情節獨有的真實之邏輯。如同為世間的馬車、汽車、火車、飛機等所有的運載工具，提供了千變萬化、應有盡有的暢行通道和天空樣。我們當然也可以把這三篇文章都當作哲學課文讀，可又哪兒不能當作小說來審美？故事的曲折、迴蕩和反轉，意境的絕妙和獨有——當我們說這三篇小說中沒有人物時，可這三位作家、詩人和他們敘述中的蝴蝶、武陵人與魔鬼和魂魄們，不就是小說中最獨有的人物嗎？

這些怎麼就不是最最偉大的小說呢？

倘若將它們視為小說審美時，我們的寫作就豁然開朗、遼遠無邊了。

那種我們久違不見的小說的無可驗證之真實，不僅早已有之，而且就在我們身邊。就在中國文學中。我們沒有喬伊斯們的無可驗證之現代性，但這種仰仗人的意識——夢——而獲得的寫作中的無可驗證性，卻在中國文學中，古今綿延，閃閃爍爍，相當的成熟、傑出和發達，只是我們今日之目光，被堆積起來的現實主義經驗之山遮擋了，看不到它們也是偉大的小說了。

被我們公認為中國古典小說的產生是從《搜神記》這一源頭開始的。今讀《搜神記》，關於夢的小說就有十餘篇，如〈孔子夜夢〉、〈和熹鄧皇后夢〉、〈孫堅夫人夢〉等。其中最為精彩、並對後世寫作有著牽導影響的，當屬〈謝郭同夢〉了。〈謝郭同夢〉與唐傳奇中的《三夢記》的瓜葛亦如時間之藤上的一個碩梨和又一個更大、更甜美的碩梨樣。至於從白行簡到了李玫的《纂異記》中〈張生〉之夢寫作，也就是在同一根藤上結果發枝後，那新枝上又有了新的果實吧！隨之小說來到《聊齋志異》後，夢和關於夢的創造與敘述，終於蔚為大觀，成為無法驗證之真的大成和集萃。涉及《聊齋志異》中，借助夢和穿過夢及如夢樣的恍惚、醉酒的「夢狀」所講述的故事有百餘篇，其中清晰表明著無可驗證之真的經典小說，如〈畫壁〉、〈王子安〉、〈辛十四娘〉、〈鳳陽士人〉、〈絳妃〉、〈小棺〉、〈四十千〉、〈田七郎〉、〈王桂菴〉等，無不昭示著現代小說的無可驗證之真實，在古典寫作中的起筆與伏埋。其中〈鳳陽士人〉不光延續著〈謝郭同夢〉、〈張生〉、《三夢記》裡的敘述法，且那種真實中的無法驗證性，則來得更為細膩、具體和形象。而到了〈田七郎〉和〈王桂菴〉，這種緣夢而起的無可驗證性，則如日光、白雲和地面的湖泊般，終於在可感受的三界畫出了實實在在的樓閣和天宮。尤其一篇〈王桂菴〉，把這種夢與現實的無可驗證的美和真，描寫到了天衣無縫而又實實在在，如生活中碗和筷子到了時候總要在一起。

一夜，夢至江村，過數門，見一家柴扉南向，門內疏竹為籬。意是亭園，徑入。有夜合一株，紅絲滿樹。隱念：詩中「門前一樹馬纓花」，此其是矣。[22]

有一夜，那位思念姑娘的王桂菴，在夢中來到一個江邊的村子。到那村裡走過幾道門扉，看見一戶人家，庭園柴門，竹子籬笆——不在於這個夢中的美及王桂菴在夢中與情人的相遇之偶然，而在於時過一年餘，王桂菴來到南方鎮江，在去吃酒的路上，果然看到現實中有和他一年多前在夢中見到的一模一

22 蒲松齡：《聊齋志異》卷十二，于天池注，孫海通、于天池等譯，中華書局，二〇一五年四月版，第三一〇八頁。

樣的村子、小路、馬纓花及庭院與籬笆。由此，也有情人終成眷屬——大團圓和再分離、再分離與再相遇。故事的跌宕和套路，無論給讀者帶來多少的煩厭和一笑，都無法掩蓋在這部小說中，夢中的真實性和真實中的無可驗證性，完美到破鏡重圓而又沒有絲絲毫毫閱讀中的裂痕在。

說到文學中夢與經驗的無可驗證性，我們總是捨近求遠地想到那位叫波赫士的人。而當我們從〈王桂菴〉的古典寫作中走出來，在《聊齋志異》中關於夢和現實的無可驗證之爭中徜徉一遍後，再次回到了魯迅的《野草》寫作裡，不免會釋然而感慨：原來在中國古典文學中，深埋著文學在現代中創造的粒種與鬚根，亦如它們夢區域的真實無可驗證性，正翹首以待地等著我們今人的發現和培育。而《野草》中的夢，和它播粒下的無可驗證的真和真實性，也一樣等待著有人將其視為小說虛構之閱讀，而從中獲取它的最真實的無可驗證性。

種子是有的，而缺少的是新的撒種者。

神祕的真實——無可驗證性之三

沙特作為哲學家是人盡皆知的，但作為小說家，人們已經很少談起他了。儘管他也獲得過諾貝爾文學獎，還以驚人之舉拒絕了那一大筆誘人的獎金，但今天，尤其在中國，想聽到人們對他小說的議論，一如在謊言滿天的世界難覓真相樣。二十七年前，我讀完沙特的〈牆〉，感到愕怔而茫然。不是為這篇小說的天賜之妙而愕怔，而是被其中一股現代而神祕的力量所擊中。〈牆〉以第一人稱敘述的故事是，名為斯坦波克、伊比埃塔和美爾巴爾的三個西班牙人，被冠以無政府主義的罪名而逮捕，他們被關在一家醫院的地下室內。在他們將被槍斃的前一夜，他們面對死亡和恐懼，每個人的內心和精神，都經歷了整整一夜的不安和煎熬。第二天天亮後，斯坦波克和美爾巴爾被帶走槍斃了，而故事的敘述者——伊比埃塔終於戰勝了對死亡的恐懼。審判者讓他供出他們的領袖雷蒙・格里斯藏身在哪兒，伊比埃塔便懷著「莫名其妙的高興」，謊稱格里斯藏在城外墳場或者掘墓人家的屋子裡。他沒有出賣格里斯，而是挑釁、遊戲地說了一個假的藏身地。他為自己可以坦然地選擇死亡並戲弄了敵人而感到愉快和自豪。在敵人離他去墳場搜尋格里斯時，「我（伊比埃塔）不時地露出微笑，因為我在想著他們馬上就要十分懊惱。我覺得我自己既愚蠢又狡猾，我想像著他們抬起墓石，掘著一個又一個的墓穴。我把整個局勢又想了一遍，彷彿我是一個局外人似的：這個囚犯固執地想當英雄，這些嚴肅的長槍黨員留著小鬍子，這些穿制服的人們在墳墓之間奔走，這真是一齣令人不能不發笑的喜劇。」[23]然而半個小時後，敵人從墳場回來了，他們果真在墳場抓住了他們要抓的人。選擇了死亡的伊比埃塔，因為「供出」了他的領袖而活了下來。

三十年前，編薦沙特的小說專家說：「〈牆〉把人生看成一連串人生偶然事件的總和，人的生命和死亡都具有荒謬性。」[24]而我卻始終從這個過程中，讀到的不僅是荒謬，而且是文學中又一種的必然真實和真實性——在小說故事的結尾，伊比埃塔謊稱他的領袖藏身在城外的墓場，敵人又果然在墓場抓到了他們要抓的人，這個自始至終都被讀者認為的

23 （法）薩特：《薩特文集》第一卷，鄭永慧譯，中國檢查出版社，一九九五年八月版，第二六三頁。（編案：臺譯沙特。）
24 （法）薩特：《薩特文集》卷一，秦天、玲子編，中國檢查出版社，一九九五年八月版，第七頁。

故事的「反轉」，我則認為是小說中的「神祕的真實」，是文學中的最真實和超真實。是一種無法驗證的真實或超真實的真實性。

當然，也可以把〈牆〉故事的反轉，大眾化地理解為戲劇性的巧合或偶然，乃至為故事的「歐．亨利式」的結尾。這是一種理解的權力。然而我幾乎三十年不能忘懷這個故事，卻是因為之中那種新的小說真實性，有著神祕的現代性的轉化，完成了一種新神祕主義無可驗證的真實。

天津有舟人某，夜夢一人教之曰：「明日有載竹笥賃舟者，索之千金；不然，勿渡也。」某醒，不信。既寐，復夢，且書顧、顚、𩕊三字於壁，囑云：「倘渠吝價，當即書此示之。」某異之。但不識其字，亦不解何意。

次日，留心行旅。日向西，果有一人驅騾載笥來，問舟。某如夢索價。其人笑之。反復良久，某牽其手，以指書前字。其人大愕，即刻而滅。搜其裝載，則小棺數萬餘，每具僅長指許，各貯滴血而已。某以三字傳示遐邇，並無知者。未幾，吳逆叛謀既露，黨羽盡誅，陳尸幾如棺數焉。徐白山說。[25]

《聊齋志異》中的短篇〈小棺〉，多被我們當作神祕志怪小說來閱讀。天津的船夫在夢裡看見有人走來對他說，明天有個帶著竹筐來租船的人，你可向他要一千兩銀子，並在醒來又夢的過程中，夢見夢中的人，給他在牆上寫了漢語中稀有少見的三個誰都不認識的字。因為不認識，天津船夫反

25 蒲松齡：《聊齋志異》卷十二，于天池注，孫海通、于天池等譯，中華書局，二〇一五年四月版，第二一九七頁。

而記住了這三個字。第二天，日西之時，果然有人趕著騾子、載著竹筐來租船。船夫向來人要一千兩銀子，來人不給，討價還價。最後船夫就拉起來者的手，在他手心寫了夢中的那三個稀有的字。來者因此大驚失色，丟下騾子和竹筐，慌慌地走去而消失。之後船夫打開那竹筐看，裡面有數萬個小棺，每個小棺一指多長，裡邊都裝有一滴鮮血。之後，中國歷史上大名鼎鼎的吳三桂叛亂被平，黨羽全被殺頭流血，而其屍體被擺放陳列的數目，正好和那筐中的滴血小棺完全相等。

在〈小棺〉這篇小說中，天津船夫、夢和連續的夢，及夢中的三個無人認識的字，我們都可以理解為是蒲松齡的志怪和神祕。而當滴血小棺和現實中吳三桂的藩亂平叛連接在一起時，這篇小說就從虛構志怪走向了一種神祕的真實。是這種神祕的真實，傳遞、完成了小說的無可驗證之真實。在蒲松齡的寫作中，這樣神祕真實、無法驗證之真的小說，還有〈快刀〉、〈孫生〉、〈公孫九娘〉等，篇數不多，成就也非他類小說可比，但將這些小說中神祕真實的無可驗證之真剝離提取出來凝視時，卻可以給我們一種啟示和暗示。將這種古典神祕真實的無可驗證性，與沙特的現代小說〈牆〉擺放在一起對讀比較時，一西一中、一古一今，也正可以給我們今天的寫作，開闢、預兆著一種新的可能和道路。

神祕主義從來都是文學口渴時痴迷不怠的井泉和源頭，而這種天然的神祕主義的真實與真實性，如何給當今混亂無序的現實注入一種無可驗證的真實和邏輯，想一定會有作家在此有所作為與創造。

十、不真之真

不真之真與文學謊言說

文學是一種謊言，這種觀點不知為何可以在作家中流傳開來。當巴爾加斯．尤薩的《謊言中的真實》的論文集走進中國時，他對所處的現實與歷史的高度關注和思考，並沒有引起多少中國作家的警覺和思慮，而「謊言中的真實」之觀點，卻漸次地被一些作家接受和轉移，而最終虛構的意義和虛構中的真實性，反而被微笑著的「文學是一種謊言」的觀點所替代。儘管這兒出現的「謊言」說，是和虛構連接而互為因果的，在特定語境中，也是可以讓人理解的，然而在某個特定的語境內，所謂謊言也是指寫作對現實經驗的模仿和再現。這種模仿再現到逼真時，人們把現實主義的桂冠送給模仿者，而沒有那麼逼真時，寫作中失去了文學經驗的事實和真實性，文學也就成為詩意下的「謊言」了。

說到底，謊言是一種對事實的模仿和遮掩，謊言逼真到和事實一樣時，可以取代事實和真相，成為又一種真實的流行和存在。這在中國式的現實主義寫作裡，有廣泛的成功典例和範式，也因此在作家中會有文學是一種謊言、一種謊言式的虛構之觀點。而這兒，我說的小說的不真之真和文學謊言說，毫無瓜葛和聯繫，而且它以謊言為天敵，對經驗的模仿持著不屑和否定。它的起點是創造，終點依然是創造。經驗只不過是創造與讀者連接的道路和橋梁，如同一棟樓屋築立起來後，虛構的創造才是這樓屋的地基和立柱，而經驗只是這樓屋部分瓦片和磚石，說到底是一種覆蓋和周邊。就是你在那一片片的樓屋中，看見了作家對經驗的模仿和模擬，那也是對經驗的再造和創造，而非對生活經驗照搬照抄式的模仿和照相。

不真之真是一種更深切的真。

謊言之「真」是一種虛演了真的存在之流行，它在特定的歷史時期和環境內，會大行其道並取得耀眼的光環和成功，但時間終會摧毀這種流行和存在，讓不真之真顯出它更為深層、深刻、深切的創造的光輝和未來。

不真之真與《搜神記》

我是中國古典文學的小學生，面對浩瀚的中國古典文學，彷彿錯路走進金沙灘中的淘金者，每每看到耀眼的沙之光，就會喜暈地以為自已淘到了寶，會在那閃光的流沙邊上蹲下來，哪怕稍前一步會有塊金和大團大圓的瑪瑙石。

竟然是幾年之前才真正喜上《搜神記》——中國小說的鼻祖。喜上它不是緣於它與現代的文學相類比，更為成熟、更具意外和創造性，而是一部《搜神記》，原來竟然幾乎篇篇都是「不真之真」之寫作。

> 神農以赭鞭鞭百草，盡知其平毒寒溫之性，臭味所主，以播百穀，故天下號神農也。[26]

> 宣城邊洪，為廣陽領校，母喪歸家。韓友往投之，時日已暮，出告從者：「速裝束，吾當夜去。」從者曰：「今日已暝，數十里草行，何急復去？」友曰：「此間

26（東晉）干寶：《搜神記》，馬銀琴譯注，中華書局，二〇一二年一月版，第一頁。

血覆地，寧可復住。」苦留之，不得。其夜，洪欻發狂，絞殺兩子，並殺婦。又斲父婢二人，皆被創，因走亡，數日，乃於宅前林中得之，已自經死。[27]

打開《搜神記》的首一篇，「神農鞭百草」的故事仙飛而來。其故事令人驚異的，不是神農以鞭擊草以炮製百草的平、毒、寒、溫之藥性，而是將「不真」的先人和人類間人人都需的疾病與治療，及人生必須飯食的糧物種植之結合，從而使這不真在人們最基本的生活經驗——健康和吃飯二者間，獲得了經驗的體悟和認同，從而使不真在人的最基本的生存經驗上，體得了一種「生活的真」。宛若〈創世紀〉中神創造了天、地、水和空氣後，急需在後面創造人的生命必須有的糧物和果實，所以神才要大地生發青草、種子和菜

27　（東晉）干寶：《搜神記》，馬銀琴譯注，中華書局，二〇一二年一月版，第三十九頁。

蔬，才要樹木結出果子來，不然人到世間吃什麼？人若沒有飯食和糧物，他們怎麼會相信世界上有神的存在呢？又怎麼會相信神是一種真實呢？

〈邊洪發狂〉在今存《搜神記》的四百六十餘個故事中，並無特別之意義，對當下今人之寫作，也難有啟後的鑰匙與鎖之關係，然而在「不真之真」的真實上，卻別有滋味和啟示。宣城人邊洪，在廣陽為領校，母親去世後回家，其時韓友去拜訪。韓友到他家不久，便出來告訴隨行者，讓大家趕快收拾行李，連夜離開。隨行者問：「今夜已經晚了，我們走了幾十里的野荒，為什麼又要匆匆離開呢？」韓友便告訴隨行者道：「這裡血流滿地，我們怎麼可以住下去？」如此這般，就算邊洪苦苦挽留，韓友也還是固執地告別而離開。然就在他告別離開的這天半夜裡，邊洪忽然發瘋，絞殺了他的妻子和兩個兒子，砍傷了他父親的兩個婢女。之後幾天，人們發現邊洪上吊死在了他家前邊的林地中。故事是那種未卜先知類型的，前邊察覺到了邊洪家將要血流滿地，爾後便寫了邊洪發瘋，殺三傷二。邊洪為什麼會突然會發瘋呢？是身患疾病，還是韓友一到邊家就發現，邊家隱藏著重大的私情祕密？比如邊洪的妻子如潘金蓮般，在邊洪不在時，她在家裡偷情並生子，因此韓友料定邊家必有一場血災會發生？倘若是如此，那麼韓友又是如何發現這些隱祕呢？他怎麼可能如此細微，並如諸葛亮般料事如神呢？

在《搜神記》的寫作中，仙、神、妖、異、狐、鬼等，這些非人之不真是占著敘事主位的。而〈邊洪發狂〉是少有的敘述中偏於寫實之故事，是難得的純粹的人和人的故事之發生，而非非人的人和人相交才有的故事與奇異。而在這則故事中，韓友到邊洪家，從沒有交代的「觀察」和「發現」，到「應驗」和真實之發生，所有留下的空白茫茫處，都需要讀者用自己的想像和經驗去填補。這種不真之真的神奇和應驗，在幾乎所有《搜神記》的不真中，因為它來到了讀者可以想像的真實經驗內，所以不真之真也就到來了。

〈邊洪發狂〉是中國小說中首篇純粹的「人的故事」，這不真中的真，自然也就隱埋在人的生活經驗之中了，如同該隱因嫉妒殺了弟弟亞伯樣。這兄弟相殺的故事因為脫離了神異之安排，更顯出一種經驗真實來——那真與不真之間的真實感。

《搜神記》中散落播種的不真之真，到了卷十一，因為故事多都集中在了「最為天下貴」的人身上，於是真實感也在「不真」中，豁然洞開而被展擺出來了。不真中的真，也就在此如田野花開般，洋洋灑灑了。如〈更羸射鳥〉裡，因為六國的更羸射術高超，當大雁從天空飛過時，他只要把弓箭對著天空瞄準，虛拉一下弓，那大雁就會從天空落下來。〈斷頭語〉中的女子，被自己的情人渤海太守史誤解殺害後，離開身子的頭顱會對她的情人開口說：「使君啊！我和你相好一場竟是這結果！」〈郭巨埋兒〉的故事之腐朽，如同要從孝德上嗅出裹腳布的桂香味。那個為了讓母親吃飽肚子，而擔心自己親生兒子會吃了母親食物的郭巨，竟然要到野外挖坑埋了自己的兒子去。倘論中國小說中的朽思和壞惡，〈郭巨埋兒〉當為最巨了。可在這故事中，郭巨在野外把墓坑挖到一定深度時，挖到了一塊石頭蓋板來，蓋板下有釜黃金，並且那罐子裡面還有一張朱筆寫成的文書：「孝子郭巨，黃金一釜，以用賜汝。」這也再一次地證實著，某種超越生活經驗的真，在中國千年前的早已有之並且相當普遍和成熟，這也就是小說中，不真之真最早的開始和書寫。及至到了魯迅將《搜神記》中的〈三王墓〉，更具現代意義的改為〈鑄劍〉後，這種小說的不真之真就已成熟、完美到了春來花開、秋至果熟的境地裡，只是在我們之後百來年的寫作裡，現實主義的汪洋將這種不真之真徹底捲走了，幾乎難找一篇一節的努力和嘗試。就是在二十世紀的文學中，不真之真作為現代和後現代，花開果香、滿枝滿葉時，我們也從未想起在中國的古典文學中，不真之真是那樣的普及和遍布，曾經是中國文學的開始和源頭。

實在是怠慢了中國最早的小說《搜神記》。怠慢了那個開天闢地、成法立規的作家干寶了。

〈東海孝婦〉是因為關漢卿的《竇娥冤》而被後人記住

的。然而根源是，因為有了干寶的〈東海孝婦〉才有了《竇娥冤》，就如沒有《搜神記》中的〈三王墓〉，也就沒有魯迅的〈鑄劍〉樣。可是我們從〈東海孝婦〉中，讀到的不僅是周青之冤和因冤而起的三年大旱與六月雪，還有周青被冤殺那一天，「青將死，車載十丈竹竿，以懸五旛，立誓於眾曰：『青若有罪，願殺，血當順下；青若枉死，血當逆流。』既行刑已，其血青黃緣旛竹而上，極標，又緣旛而下雲。」[28]

周青被殺的時候，車上拉著十丈長的竹竿，竹竿上飄掛著五色的幡旗。那時候她在被殺前，站在眾多的圍觀者面前喚：「我周青如果有罪，我請願被殺，殺後血會順著竹竿往下流；如果我周青是冤枉的，我被殺後血會順著竹竿朝上流。」而在周青被砍頭之後，她的血呈出青黃色，果然順著

28 （東晉）干寶：《搜神記》，馬銀琴譯注，中華書局二〇一二年一月版，第二六〇－二六一頁。

旗杆從下往上，倒流到旗幡頂，又順著旗幡流下來。

我為這因冤而血會倒流的寫作而驚愕。

這是多麼多麼的不真實，又是多麼多麼的駭人聽聞之真實。

在那本被談論過多的小說裡，馬孔多鎮[29]有了繁華爭鬥後，有個總是被人當作魔幻證據的情節是這樣的：

霍塞·阿卡迪奧剛關上門，驀地一聲槍響震動了整幢房子。一股鮮血從門下流出來，流過客廳，流出家門淌到街上，在高低不平的人行道上一直向前流，流下台階，漫上石欄，沿著土耳其人大街流去，先向左，再向右，拐了個彎，接著朝著布恩迪亞家拐了一個直角，從關閉的門下流進去，為了不弄髒地毯，就挨著牆角，穿

29 編案：臺譯馬康多鎮。

過會客廳，又穿過一間屋，劃了一個大弧線繞過了飯桌，急急地穿過海棠花長廊，從正在給奧雷良諾·霍塞上算術課的阿瑪蘭塔的椅子下偷偷流過，滲進穀倉，最後流到廚房裡，那兒烏蘇拉正預備打三十只雞蛋做麵包。[30]

第一次讀到霍塞·阿卡迪奧[31]的血可以左拐右拐、流上流下，躲躲閃閃九曲十八彎地流到烏蘇拉的身邊時，中國文學還在十年文革後的一片茫然和單色徘徊中。那時候讀到這段文字時，我把小說放下來，望著前面的哪兒發著呆。及至又過了多少多少年，再讀〈東海孝婦〉時，讀到「既已行刑，其血青黃緣旛竹而上，極標，又緣旛而下雲。」我也一樣放下《搜神記》，雙目茫然地朝著遠處望，爾後臉上和心

30 （哥倫比亞）瑪律克斯：《百年孤獨》，黃錦炎、沈國正、陳泉譯，上海譯文出版社一九八四年八月版，第一二二－一二三頁。（編案：臺譯馬奎斯《百年孤寂》。）

31 編案：臺譯荷西·阿爾卡迪歐。

裡，都有了「原來如此」的微笑和釋然。

不真之真是古已有之的。

不真之真原來是中國文學和世界文學的最源頭。

原來我們的寫作，如出家遠行的執拗孩子樣，因為走得太遠，竟然忘記自己家在哪兒了，忘了家裡的親人和家裡一樣也有的吃喝飲用了。

我為中國古典文學和西域二十世紀許多經典中非人為聯繫的蛛絲馬跡而愕然，比如《聊齋志異》中非人之人的鬼，與《佩德羅．巴拉莫》中死去卻永遠還活在可馬拉和半月莊中的鬼，還有周青與霍塞．阿卡迪奧死後，都可以流來拐去、倒流而上的血。在《聊齋志異》的講稿《聊齋的帷幔》中，我曾經用更多的文字繁瑣細碎地說過這一些，而這兒的重複和言碎，除卻證明我是讀書少而卻想得多的人，就是為中國小說源頭中豐沛的浪漫、想像和為那時寫作裡本就有的不真不真，感到欣慰和發見晚了的自慚與羞愧。

為中國古典文學的豐沛而驕傲。

也為我們對古典文學的丟失——不是字詞古韻的丟失和繼承，而是從根本上，對先人思維開放的無知和忽視——使人氣惱到要一屁股蹲坐在地上。

現代中的不真之真（一）

從不真之真進入中譯的二十世紀文學去尋找和窺視，會發現因為反動十九世紀現實主義文學中的真實和可能，而更顯創造與偉大的最早出現的作品，不是卡夫卡的小說《變形記》，而是斯特林堡的劇作《鬼魂奏鳴曲》。這部產生於一九〇七年的戲劇，讓殭屍、亡魂、木乃伊和幻想中的人，同時出現、糾纏在現實經驗裡，淋漓盡致地道盡了現實世界的逼仄和人與人之間的欲望、傾軋和冷酷。故事宛若中國《聊齋本紀》的瑞典戲劇化，卻又深具《聊齋本紀》不真之真意義上的現代性。愛，在《鬼魂奏鳴曲》中徹底消失了，醜惡與黑暗始終瀰漫在故事凌亂、不倫的人際間。單就這部劇作中的不真之真論，它是古典鬼異魂魅之不真，在二十世紀文學中的延續和再生。由此，到了八年後，卡夫卡寫出《變形記》，當我們用研究者「異化」、「荒誕」的雙目去論說這脈現代寫作時，我們其實可以跳出論家的抽象和概念，回到寫作本身的不真之真上——只不過斯特林堡的不真之真是一腳踏在古典上，另一腳落在現實和現代上；而卡夫卡卻天才地把那隻踩在古典中的不真之真的腳給抽回來了——他不再讓如希臘神話、《荷馬史詩》、《神曲》等偉大聖作中的神與魔鬼的非人之人在他的不真之真中出現了。那些神異、仙魔和魂鬼，不再化為人形、人影在故事中成為人物而承擔角色了。卡夫卡在瞬間反動了這一切——孤鬼妖異和仙魔，這些非人的人，在他現代的不真之真寫作裡，完全消失得連一絲根鬚都沒有——不僅是非人的人在故事不再成為人，而且是在故事中對此反動到讓人成為非人的人——這才是二十世紀不真之真對待傳統不真之真最大的顛覆和創造——不是非人的人要到人間來，而是人要到非人之人的那邊去。格里高爾不僅在一夜之間變成了蟲，而且如格里高爾一樣的人，還要如動物般自覺地把自己關在籠子裡，無休止地自我飢餓直到死去，和爛草一道被埋掉。人可以在無奈需要時，如鳥如仙一樣騎桶飛在天空中；可以如馴化的動物樣爬在機器下，由機械在身上隨意地刻畫和修整。凡此種種，到來的人為非人之寫作，當讀者緣此被研究者引向異化、荒誕和超現實的理解去向時，我們實可以從寫作本身去理解為，這是自古有之的不真之真在現代的重生和種植。是不真之真來自遠古，又回之遠古的反身行筆的環形會合與對接。是作家在千年的行走、探索後，為文學畫下的一個圓形之創造。由此重新歸回到戲劇上，一九二一年尤金·歐尼爾的劇作《毛猿》中的主人翁楊克，在無路可走時卻要退回動物園，去靠攏、求助於猴房裡的大猩猩。

我說，看樣子你是個誠實的傢伙，是不是？我見過許多被人們叫作猩猩的硬漢，但是你是我見過的第一個真猩猩。你的胸膛、肩膀、手臂和手真夠棒的！我敢斷定你的兩隻拳頭都有那麼一股勁，能把他們全打垮！（他是懷著真正的讚美心情說這番話的。猩猩好像懂得他的意思，直立起來，挺起他的胸膛，用拳頭在上面敲打著。楊克同情地嘻嘻一笑）真的，我懂你的意思。你敢向全世界挑戰，是不是？你有我說的那些優點，儘管你說不清楚話。（於是話裡夾帶著苦惱）你又怎麼會不懂我的意思？難道我們不都是同一個俱樂部，毛猿俱樂部的會員嗎？……[32]

《毛猿》中，楊克向猩猩的求助與回歸，正和人最終變成了甲蟲一樣，有著朝著古典不真之真的回歸與反動。離開舞台，閱讀劇本中的故事，大可將劇本當作是作家用劇的形式寫就的小說讀。哪怕如《等待果陀》那樣無故事的劇本

32　（美）尤金．奧尼爾：《外國現代派作品選》第一冊（下），袁可嘉、董衡巽、鄭克魯選編，荒蕪譯，上海文藝出版社，一九八〇年十月版，第七四四頁。（編案：臺譯尤金．歐尼爾。）

中，也可將其當作充滿著內心獨白的意識流小說去閱鑑。而將劇本當作劇式小說去讀時，《毛猿》中的不真之真就和卡夫卡小說中的不真之真異曲同工、盡妙其中了。只不過戲劇中的故事要面對的是觀眾，他們更渴求的是真實性中的戲劇性，而小說故事要面對的是讀者，必然苛刻真實性中的可能性與邏輯性。緣此，在二十世紀的文學裡，戲劇中的不真之真，在很長一段時間內，都比小說中的不真之真來得猛烈和真切，乃至於將這些劇本當作小說（文學）閱讀時，便會有許多錯愕、震驚在。

在中國當代文學剛剛醒來的上世紀八〇年代初，因為袁可嘉編譯的《外國現代派作品選》，貝克特、尤內斯庫和品特等偉大的劇作家被冠以「荒誕文學」，赫然、刺目地走進了中國讀者（不是觀眾）的視野內。而今去認識他們的荒誕時，說起荒誕性，也就是不真之真的寫作了。《等待果陀》作為劇碼，怕是在中國演出最少而名聲最大的一部經典劇。當年這部驚世之作在巴黎上演的盛況，對於今天的中國人，可能只是一道風景傳說，是一種只能借助想像演繹描繪的熱鬧和繁華了。而當時間帶走了喧囂與熱鬧，重新坐下，將其當作劇碼式的經典小說閱讀時，大約也才可以感受到，「故事」中的愛斯特拉岡和弗拉季米爾，沒完沒了地在光禿禿的鄉間小路上的一棵柳樹下，無根無由地等待永不到來的叫果陀的那個人，這在文學性的「不真」上，正如《審判》中的約瑟夫·K，無緣由地接到傳票後，不知道自己犯了什麼罪、誰在控告他、依據的法律是哪一條。而因此到來的審判，無論什麼結果你都必須承受和接受，辯訟、爭論無意義得如一個人面對空氣的自語樣。而愛斯特拉岡和弗拉季米爾，在這個純屬文學意義的不真上，沿著約瑟夫・K的人生之路走得更遠、更荒蠻。說到底，那個如同等不到果陀的人一樣進不了城堡的約瑟夫・K，都還是人群（社會）中的人，而愛斯特拉岡和弗拉季米爾，他們已經從人群中剝離出來了，他們和歷史、現實（現在）沒有聯繫了，完全成了兩粒無根系的飄浮物。他們不僅不認識、不了解果陀到底是何人，而且也不知道自己為何要到那兒等待他，卻又只能到那等著他。為什麼要等他？等他的目的是什麼？是誰通知他們來等他？所有因果都是沒有緣由在，而其等待的過程卻被醒目、觸目地呈現在非故事的故事（等待）裡。甚至在人物的等待過程中，人物連自己是誰——過去怎樣都不知道：

弗拉季米爾：無論如何，你總不至於對我說，這（做手勢）跟沃克呂茲很像吧！兩者之間畢竟有一種很大的區別。

愛斯特拉岡：沃克呂茲！誰對你說了沃克呂茲？

弗拉季米爾：可是，你不是在沃克呂茲住過嗎？

愛斯特拉岡：沒有，我從來沒沃克呂茲待過！我對你說，我整個花柳病的一生，全都是在這兒度過的！在這兒！在這臭大糞的克呂茲！

弗拉季米爾：然而，我們曾經一起在沃克呂茲的，我敢把我的手放在火上。我們在那兒摘過葡萄，對了，住在一個姓波奈利的人家裡，在魯西永。

愛斯特拉貢：（稍微平靜些）有可能。我什麼都沒注意到。

弗拉季米岡：但那裡，一切都是紅色的！

愛斯特拉岡：（生氣）我什麼都沒注意到，我對你說了！[33]

這兒不是說他們共同去沒去過沃克呂茲，而是說他們共同不再的記憶和遺忘，是他們沒有歷史、沒有過去了，而只有現在和等待。他們因為沒有過去而不知道自己是誰，唯有現在的等待，又不知等待那人是誰什麼樣。作為讀者的我們，在《等待果陀》的閱讀中，深切地體會了文學的「不真」可以走多遠——可以像《四川好女人》中非人的人——神祉們走到人間來；可以像《鬼魂奏鳴曲》中的不真的死者、木乃伊、鬼魂和幻覺中的人來到人群中，還可以反之讓格里高爾成為非人的人。然而把這種為人的不真之真寫到極處的，當屬《等待果陀》的寫作了。

33 （法）貝克特：《等待戈多》，余中先譯，湖南文藝出版社，二〇一六年八月版，第一〇〇頁。（編案：臺譯《等待果陀》。）

將《等待果陀》作為劇碼式小說閱讀或者劇碼的文學故事觀看時，作為讀者或觀眾，誰都可以讀到、看到故事中的人物弗拉季米爾和愛斯特拉岡，是「毫無因由」地——背離人群、人世的人。卡夫卡筆下的人物們，絕多和人、人群、人世是不願脫開而不得不脫開。而貝克特、尤內斯庫和品特筆下的人，是和人群、人世已經脫開又不知為了什麼要脫開的人。

卡夫卡讓他的人物始終和人在一起。

貝克特們讓他們的人物始終和人相隔離。

我不認為這些劇作家寫的是人在人世之孤獨，而以為他們寫的是人在人世的隔離與飄浮。是人的無緣由的隔離感和飄浮感。這種飄浮和古典文學中神、鬼、妖、魅的空來空去是對應的。當文學的不真之真，自古典非人的人成為人，到現代中的人為非人，再到人雖還為人，但卻離開人群、人世成為隔離、飄浮的人，終於這種不真就到極處、絕處了，乃至於無論是讀者或觀眾，被時間推離了上世紀五〇年代歐洲（巴黎）的歷史、文化背景後，都將無法如那時巴黎的觀眾樣，感受、體會《等待果陀》中的不真之真了。對於今天的讀者和觀眾，《等待果陀》中的「不真」是切實的，而不真中的真，卻是飄浮得難以抓到或者感受到。

然而將幾乎和貝克特同時寫作的尤內斯庫的劇作同時閱讀，並將他們視為一個整體——荒誕文學——後，對《等待果陀》中的不真之真就可以抓到並攬懷感受了。尤內斯庫的《禿頭歌女》和《新房客》，比貝克特的《等待果陀》的寫作早二年，而前者中的不真之真，都比後者來的更為具體有著實在感。《新房客》中的先生租房搬家時，搬來了無數無數、各式各樣的家具來。這些家具多到堆滿了房間、樓道和大街，把城裡的車道、地鐵都給堵塞了，結果為了讓家具都堆進房間去，不得不把可移動的天花板給移開來，從天空把家具繫到房間去，最後家裡堆滿了家具，「人」卻不見了。

《新房客》清晰地寫了「物」在而人失，人的全部都被物給占有了，人把自己的所有位置讓給了物，人是物的奴隸而非主人。就劇碼式小說言，《新房客》故事中的真與不真都易於把握和理解。而將《新房客》中人在物中的丟失作為理解《等待果陀》的序劇和台階，正可以說《新房客》寫了有據的——生活經驗中人被物擠占的丟失與不在。而《等待果陀》寫了無據的人，在人世的脫離和飄浮，這就是二者不真之真的相同與不同，甚至用簡粗籠統的話去說《等待果陀》中的真之不真時，似乎可以這樣說——

《等待果陀》的不真是等待，不真中的真，是人與人和人世的無由、無向之脫離。

現代中的不真之真（一）

倘若用真實和不真之真去重新條理、排列自古至今的文學變化時，會發現在二十世紀的小說中，所有的旗幟和主義、別派和論爭，大都是在真與不真間。現實主義的真實和可能，地基樣蹲守在文學大廈下，無論何樣的風擺和搖動，動的都是被高舉起來的，而非地基和根鬚。除卻那些把所有的意義都置放在夢和意識中的無可驗證之真實，餘者被視為象徵主義、未來主義、超現實主義、存在主義、荒誕派、頹廢派、黑色幽默、垮掉的一代和魔幻現實主義等，林林總總、總總林林的標識和不同，原來貫穿在這些作品內部的，都是不真之真的各式表達和異樣。

不真之真是這脈作品所共同串繞的內脈線，而其作品中不真之真的大小和多少，是一整個故事的不真之真，還是故事中局部的情節和細節，再或僅僅是形式的差異和追求，及這些作家作品的派別和主義——如同我們在談論卡繆的《異鄉人》，說的是「存在主義」，而其實質還是在談論莫梭對人和世界的態度上的真，是一種更深層的人之經驗的真實和表達。談論金斯堡的《嚎叫》和海勒的《第二十二條軍規》，或馮內果的《冠軍的早餐》及亨利．米勒的《北回歸線》，說的是「垮掉的一代」和「黑色幽默」等，而其實質上，仍然是這些作家和作品中人物們的不真之真或真之不真之表達。就是法國「新小說」中的羅布．格里耶的《橡皮》

和克洛德．西蒙的《農事詩》，把「表物」和寫作提高到超過表人抒心的高位重心上，說到底也還是為了人與世界的真與不真和真之更真的文學觀和方法論。及至之後到來的拉美作家轟轟隆隆、群星陣陣的作家和作品，任你怎樣用「魔幻寫實主義」去解說，可歸根結柢的，也還是不真之真的量的不同和可以讓讀者更為接受的不真之真在敘述的差異性，是一種如何更清晰地表達不真之真的方法與思維。

真和不真是根本，而表達不真之真的不同，才是方法或主義。

原來數千年文學的內脈線，無論怎樣的發展、變化、爭吵、創造和經典與淘洗，並不是我們永遠掛在嘴上的故事、人物、方法和思想，而是一個階段又一個階段，萬變不離其宗的生命真實觀和對人與世界的真實性，在不同經驗下的不真之真的表述與寫作。

所有的故事都是通往真實性的不同的路。

所有的人物都是作家心中那個生命真實性最有力的證據之核心。

所有的文學思維都是對真實性不一樣的表述和實踐。

文學中唯有真實和真實性，才是文學之圓心，才是小說之信仰。其餘所有被作家、論家、讀者談及的寫作要素都是圍繞著這個圓心、信仰旋轉的審美和組成。

而在真實性的這個文學圓心上，除了我們經常理解的經驗真實外，還有非經驗真實的可能之真、不可驗證之真和虛構中的不真之真在。且不真之真是和經驗之真平行貫穿在整個人類的文學史，自古至今都和經驗真實並駕齊驅地旋轉在真實性給定的文學軌道上，只不過到了十九世紀經驗之真離真實性這個圓心更近、更為權重位高些；到了二十世紀後，主義之旗林立花開時，不真之真更為權重位高些，更凸顯出它與真實性的親密和族同。由此去回望二十世紀文學的真實性和不真之真在文學中風生水起的樣貌時，在文學與藝術的各種浪潮被時間之手推去抹平後，在不真之真的瞭望口，那可思慮和體會的，不免讓寫作的我們感到有一絲意外和心寒，就像自己的種子被他人各取所需後，在別家的土地上，有了累累的花開和碩果，而自家在秋後入倉時，盤點收穫的份額和品質，才隱隱發現別家的收穫都大於自家收穫的成色和別樣。

二十世紀的文學與藝術，說起來最具別意和創造的關鍵字，大約就是荒誕、異化和超現實。而這些關鍵字的根源大家都會順藤摸瓜到卡夫卡和他的作品裡，如創意創造集大成的畫家畢卡索，如真正給戲劇帶來顛覆性變化的貝克特、尤內斯庫和品特等，他們顛覆創造的根源繞繞或彎彎，都可找到卡夫卡，都給二十世紀的繪畫史和戲劇史，留下了耀眼的璀璨和別作，然而由此去溯源二十世紀文學時，那些聲稱和卡夫卡的寫作有著直接聯繫的，在其小說作品上，卻不能如貝克特的《等待果陀》、《開心的日子》、《終局》；尤內斯庫的《椅子》、《禿頭歌女》、《犀牛》；品特的《房間》、《送菜升降機》和《生日派對》等戲劇，與卡夫卡的精魂分不開。如果把卡夫卡的小說視為二十世紀文學與藝術的種子庫，上述的劇作和畫家都使這種子結出了巨大的果，並另立門戶讓自己的作品也成為了新的門戶種子庫。相比這些畫家和劇作家，倒是文學內部和卡夫卡有著密不可分的作家們，如卡繆、納博科夫、波赫士、卡爾維諾、馬奎斯等，每個作家的作品都和卡夫卡有著千絲萬縷之聯繫，但給文學帶來的變化，又似乎都不如貝克特之於戲劇、畢卡索之於繪畫那樣具有顛覆性。

貝克特的創造意源於卡夫卡，但他給二十世紀帶來的戲劇之變卻是如同原爆樣。

畢卡索的繪畫爆炸引線也源於卡夫卡，然而那爆炸卻如同是畢卡索自身所有的引線和硫磺。

為什麼在小說家的隊伍裡，那些源自卡夫卡的作家和作品，在卡夫卡之後，再無貝克特、畢卡索這樣帶有顛覆的影響和變化？除了戲劇和繪畫本質上和小說不是一個門類外——他們在屬於他們門戶內，都完成了原爆性的創造和作品，而卡夫卡之後那些源自卡夫卡的小說家，表面看都多少有些二爆和餘震感，似乎沒有顛覆寫作的原爆性——我想最根本實質的，還是在文學的真實性和不真之真的約束上，後來的小說家們沒有如貝克特、尤內斯庫和畢卡索那樣的勇氣與膽魄，可以義無反顧地砸了自家門戶的框束而狂野。

那些畫家和劇作家，相信有一種真實是可以平地起樓創造的。而小說家則以為，真實只是真實、真實性只是真實性，這些真實和真實性可以創造，但永遠要和真實的經驗相聯繫。譬如日常經驗中的等待——我們等人或等待公共汽車時的原委、站坐和狀態，到了《等待果陀》中，就和這樣的生活經驗完全無關係了。在《等待果陀》中，不真之真是建立在可感可見的「不真」上，如《變形記》的故事無論多偉大，也必須建立在格里高爾一定要首先變為甲蟲的「不真」上。在不真之真的這一點，貝克特和畢卡索首先要讓觀眾、讀者看到的是「大不真」，之後再使觀眾和讀者，從這不真上，漸次體會（或者不體位）內在的真。而小說家在落筆講述故事時，首先想到的是要讓讀者感到真，其次再使讀者感受到的不真和不真中的真。

在二十世紀不真之真的小說中，除卻卡夫卡，我們可以扳著手指地說出舒茲、埃梅、卡爾維諾和馬奎斯的《巨翅老人》等，可將這為數不多的作家和作品，理解為他們有些故事是完整地建立在不真之真上的真，如埃梅的《穿牆人》和馬奎斯的《巨翅老人》，而其更多、更重要的作品，都依然還是建立在真和真實上的不真之真之寫作。對此我們可以更清楚地去比較尤內斯庫、貝克特、品特和畢卡索，他們最重要的作品都是建立在不真上的真。而二十世紀的小說家，除卻那些依然在現實主義道路上進行改良性拉車前行的作家們，和在無可驗證之真的領域自由挪騰的作家們，凡在不真之真道路上摸索探求的，都還依然地堅守文學固有的真實和真實性，走踏著真實↓真實性↓不真之真的路。他們和那些藝術家、劇作家的差別分野是：後者在他們的重要作品上，走的是從不真開始而至可體會的真實上；而前者，從來不讓他們最重要的作品，超越和疏離文學性中最根固的真實和真實性。

具體地說，在其他藝術門類裡，那些經典的大家們，從可見的不真落筆險行不真之真時，卡夫卡之後的小說家，因為文學的本質所決定，從未真正有過從不真開始的遠行和終至。即便偶爾在短篇中嘗試探腳，最後也依著自己的醒悟，又把寫作收回到了從真實再到不真之真的道路上。

將深藏在讀者——至少是中國讀者——內心的疑惑，妄為地說出不知是不是野蠻和無知。如果是這樣，我就是那個丑角和最無知的人：格里高爾一夜間變成甲蟲和一個人可以在寒冷中騎著鐵桶飛在空中去買煤，並不是真實也不具文學中的真實性，只是那個變成甲蟲的人——蟲——和他周圍的人之關係的真實之描寫，彌補、喚醒了故事內部和讀者內心的一種真實體驗感。接下來的問題是，為什麼古人可以在故事中讓非人的人——如神、鬼、仙、妖與死屍，化而為人和人世間的物，而我們在閱讀故事時，並不對此產生懷疑、質詢和批評。而今天，當一個作家再在故事中讓人變成甲蟲（卡夫卡）、蟑螂、梁蛇（舒茲）、鳥雀（卡爾維諾）和穿牆過壁的空氣（埃梅）時，這種閱讀中的非真感，就像魚刺樣卡在了讀者喉嚨內。

為什麼？

因為時間和科學。

因為生活的經驗和常識。

因為在遠古，人們對世界真實的認知是從經驗上相信神、鬼、妖、異本來就是人類真實生活的一部分，只不過人是生活在看得見的空間裡，神、鬼、妖、異是生活在人所不見，但在精神上可以感知的另外一個空間內。然而時間把科學和認知的無限拓寬帶給我們了。我們把過去相信的生活中的不真之真視為神話、傳說和生活經驗的寓言了。所以在現代生活裡，當文學被現實主義可體驗、感知的經驗真實淘洗後，讀者對不真之真保持著前所未有的警惕心，真實——可感知、體驗的真實——成了作家、讀者、論者內心對文學核心的共識後，人們對故事中人可為蟲、蝶、雀、物的非人之人，便不會再有古往讀者和聽眾，對神、仙、魂、妖可以為人的信任了。「信」——不僅是讀者對作家寫作最起碼的要求和標準，而由此產生的作家對作品賦予的真實——取信於讀者，也成了讀者賦予作家最起碼的要求和資質。這大約就是在二十世紀文學中，幾乎少有作家的寫作，是如貝克特、畢卡索樣，可以從作品落筆始，就把「不真」的門窗推開在讀者、觀者的雙目下，讓你從這不真中望出去，感受（或者無感受）那種不真之真，那種大不真中隱含的精神之真。

另外一方面，繪畫和戲劇、舞台所特有的對時間、空間、戲劇性的「一目了然」性，決定著這些畫家和劇作家可以義無反顧地進行顛覆的創造和嘗試。而讀者面對小說之閱讀，沒有這種一目了然性，它是由字、詞、句子組成的線性之審美，而非繪畫的「一目了然」和舞台在一定時間內的空間觀賞之審美。這種線性審美可以在閱讀的時間上，延長到半天、全天、一週或一個月，甚或在那字、詞、句子、段落、章節排列組成的故事裡，讀者可以今年閱讀一本書的上半部，明年閱讀下半部，甚或前半生閱讀一部分，後半生閱讀另外一部分。然而在繪畫，你「一眼」看完就是看完了，再看第二眼或者第三眼，那就是第二遍或者第三遍。讀者可以在一幅畫前幾分鐘閱讀上百遍；可以在舞台規定時間內，看或者不看一臺戲，但你若想要觀看第二遍或者第三遍，那卻不是你可以把一本書拿走或放下樣自己決定的。正是這種時間物理上的線性審美和在一定（規定）時間內的空間「一目性」，決定了讀者或觀眾可以接受和包容繪畫、戲劇與電影建立在不真上的不真之真之藝術，而難以接受文學在語言藝術上有超越那種「時間度」的不真之創作。我們可以想像一個觀眾不接受一臺戲，但他可以安靜地在臺下看完一臺戲；但無法想像一個讀者反對、厭煩一部小說時，可以用一天、幾天、半個月、一個月的時間看完那部書——除非那個讀者是為了論戰的批評家。也正是從這個角度說，就不真之真論，小說門類中的短篇遠比長篇更豐富，因為作家可以在短篇中，去嘗試創作那種來之不真的真，而很少會在長篇上去承擔這種風險和努力。也因此，我們看到許多別樣——一整完全地建立在不真上的不真之真之寫作，多都是在作家創造中的短篇內，而非長篇小說裡。

比起其他作家在中國的影響力，一九一八年生於墨西哥的作家阿雷奧拉，幾乎可以用「無名」來形容。在繁茂的中譯小說裡，至今可以找到他的作品僅為一個短篇〈扳道夫〉。專家對這一短篇的推薦說：「阿雷奧拉富於想像，常採用魔幻寫實主義手法，即把生活的現實和虛無縹緲的幻想巧妙地結合在一起，來達到隱喻人生、諷刺社會的目的。」[34]就

34 林一安：《外國現代派作品選》第三冊（上），袁可嘉、董衡巽、鄭克魯選編，上海文藝出版社，一九八〇年十月版，第三九八頁。

〈扳道夫〉這一巧思短篇、妙意橫生的小說言，無論是魔幻、荒誕或者超現實，說到底它都是完全建立在不真之真上的寫作和創造：

「一個外國人趕到這冷冷清清的車站已經上氣不接下氣。那只誰都不願意替他扛的大箱子，可把他累得夠嗆。他掏出手帕擦了擦臉上的汗水，手搭涼棚望了望引伸到地平線那裡的兩根鐵軌。嘆了口氣，又看了看手錶，若有所思地呆在那裡，火車該是出站的時候了。

不知道從哪兒鑽出這麼個人來，在他後脊梁上拍了一下。外國人回過身來，看見眼前站著個小老頭，瞧他的外表，像是個閒著沒事兒幹的路工，手裡提著個紅燈，那麼小巧玲瓏，像個玩具似的。他滿臉帶笑地望著外國旅客。這當兒，外國人焦急地問他：

「借個光，火車開走了嗎？」

「您來此地的時間不長吧？」

「我要馬上離開這兒，明天得趕到T城。」

「看來，您對這裡的情況一無所知。您現在馬上該做的事去找個旅店住下。」他指了指一座灰色樓房，蓋得模樣挺怪，活像個兵營。

「不過，我根本不想住下，只想坐上火車趕路。」

「您快去租個房間吧，要是能租上，就租它一個月，價錢可以便宜多些，照顧也會更周到。」

「您瘋啦？我明天就得趕到T城。」

「乾脆和您挑明了，您就甭抱這種指望了。不過，我還得把情況告訴您。」

「那麼請吧。」[35]

小說故事在這兒借助對話真正開始了。扳道夫開始滔滔不絕地講這個國家名聞遐邇的火車和鐵路，說在火車鐵路上，做得最好的是印刷《火車乘坐指南》這本書。旅客從書上看，鐵路已經把這個國家的每個鄉村都連成了網，但唯一的缺點是，火車並不遵照指南上的路線行走和停站。故事的地基完全建立在虛構的「不真」上——不是誇張、幽默和諷刺，而是肅嚴之不真。扳道夫告訴這位外國旅客，說不準有沒有無火車從這站上走，雖然你已經買過了火車票，但要碰得巧，你也是可能坐上火車的。繼而他又告訴這位旅客道：「出於為公民服務的熱忱，（鐵路）公司竟採取了一些意想不到的措施，讓火車跑遍那些根本未通的地方。這些遠征列

35　（墨西哥）阿雷奧拉：《外國現代派作品選》第三冊（上），袁可嘉、董衡巽、鄭克魯選編，上海文藝，出版社一九八〇年十月版，第三九八、三九九頁。

車在路上，一趟就是幾年，旅客的生活在車上經歷了很大的變化，死在路上也並不奇怪。這，公司早就意料到了。為此，在每列車的後面掛上了一輛教堂車廂和一輛存屍車廂。」[36]

〈扳道夫〉翻譯為中文，僅有五千餘字，小說自始至終都是寫這種建立在不真上的真（或不真），如火車可以在一根鐵軌上爬行；可以在埋了車輪的沙地裡行走；有旅客在火車上彼此建立了友誼，於是雙方結婚生子，緣此一個新的村莊在鐵軌的末端出現了。

在我們的小說閱讀裡，再難有〈扳道夫〉這樣的「不真」寫作了。而今天，無論讀者從這個短篇中，讀到的是不真之真之寫作，還是如評論家的薦語說的諷喻、魔幻和誇張，但就故事完整的頭尾、經過言，這篇小說的故事，都是

36　（墨西哥）阿雷奧拉：《外國現代派作品選》第三冊（上），上海藝文出版社，一九八〇年十月版，第四〇〇頁。

起根建立在大不真上的書寫和講述，而非建立在真實之上的不真之真之書寫。

當代文學的不真之真

如一切的翻譯，都是為了當下閱讀和寫作樣，對二十世紀文學中不真之真的梳理和淘洗，也讓我們想到當下寫作的得缺和有無。將盯在他人身上的目光收回來，這也才有些愕然、驚異地感覺到，當我們說整個二十世紀的寫作，都伴隨著無可驗證之真和不真之真時，以為我們用幾十年的時間，把整個二十世紀的文學經驗都吸納借鑑到了中國文學內，可將收回的目光落在我們自己寫作的文本上，這才發現在百年來的文學中——自現代魯迅的《故事新編》後——我們是幾乎絕斷了不真之真這脈寫作的。甚至連不真之真的一粒短篇也少有。連無可驗證之真的嘗試也是少而又少之。

是緣此，我們才覺得魯迅的〈鑄劍〉不凡嗎？

在現代文學中，沒有不真之真和無可驗證之真是深可理解的，因為那時候，現代文學剛從古典文學中脫出來，現實主義在中國才剛剛開始和成長。一九四九年後的蘇聯社會主義現實主義，又如雷雨一樣轟鳴在中國文學的土壤上。一切都剛剛開始。一切都是新生而蓬勃。一切都可以理解。一切都是必然。然而在新時期後，數十年蓬生勃勃的作家和文學裡，忽然發現我們沒有一整套完全的不真之真和無可驗證之真之寫作——而非小說故事內的某個情節和細節——還是讓人覺得錯愕和意外。這宛若在世界體育裡，我們在許多項目中，都有一較高低的選手後，驀然回首卻發現，在最重要的足球、田徑項目裡，我們還是空白和弱項。

更何況，我們的文學並不比體育在世界上更為令人關注有進取，儘管寫作者們每天都在嘲笑足球和在田徑道上跑著的人。

〈鑄劍〉和一整套完全的《故事新編》，竟然成了中國現當代文學中不真之真和無可驗證之真的絕響和斷橋。而將《故事新編》如實地視為無非魯迅「敘事有時也有一點舊書上的根據，有時卻不過信口開河。而且因為自己的對於古人，不及對於今人的誠敬，所以仍不免時有油滑之處」[37]之寫作，說中國文學現代的不真之真和無可驗證之真還未開始，大約也是不無道理吧！

37 魯迅：《魯迅經典全集》小說卷，湖南人民出版社，二〇一五年九月版，第二八八頁。

今天老少一片的寫作者，面對這百來年的空和白，真可謂任重而道遠，路漫漫其修遠兮。

第三章

超真之真與反真實

十一、超真之真

超真之真可以稱為超真實，但它不是我們通常說的超現實。它們二者在可感可行的真實層面上，是有著根本差別的。這差別就是超現實是模糊籠統的，龐雜凌亂的。它站在現實主義的基礎上，凡超越現實主義的一是一和二是二，乃至與經驗真實有所反動的，多都可以稱為超現實。〈鑄劍〉可以稱為超現實。《聊齋志異》也可以稱為超現實。荒誕文學可以稱為超現實。未來主義、象徵主義、魔幻寫實都可以稱為超現實，乃至於把烏托邦寫作與希臘、羅馬神話故事及今日越響越隆的科幻小說，也都可歸位於超現實的巨大筐箱之內。

《聖經》其實也是超現實。人類所有宗教的經典——凡與神和神蹟相連的，都是超現實的寫作和文學。於是，人類文學就只有兩種了：現實文學和超現實。倘若還有第三種，就是現實和超現實交叉混合那一種。

而這兒，我說的超真之真是有具體所指的。《閱微草堂筆記》卷八有一則故事說：

伊犁城中無井，皆汲水於河。一佐領曰：「戈壁皆積沙無水，故草木不生，今城中多老樹，苟其下無水，樹安得活？」乃拔木就根下鑿井，果皆得泉，特汲須修綆耳。知古稱雍州土厚水深，灼然不謬。[1]

《我彌留之際》中，多半的人物都是故事敘述者，而在

1 （清）紀昀：《閱微草堂筆記》，華夏出版社，一九九五年七月版，第一五八頁。

塔爾的敘述中，則講到母親死後，情智不十分健全的兒子瓦達曼怕死去的母親呼吸困難，不斷地替母親把屋裡的窗子打開。母親被安放在棺材中，棺材蓋上釘了許多釘子，瓦達曼擔心母親在棺材裡躺著喘不過，便夜裡去給棺材蓋上打了許多孔。「最後一個洞裡還插著卡什的新螺絲鑽，鑽頭已經斷了。他們把（棺材）蓋子打開，發現有兩個洞，鑽頭一直鑽到她（母親）的臉上。」[2]

品特的劇作《送菜升降機》中，班和格斯二人同為英國的底層人物，但彼此二人又有地位之差別，當他們同住進一間地下室裡時，經過了各種煮茶燒水、睡覺醒來的庸常對話後：

（兩床之間凸出的牆裡發出哢嚓哢嚓的巨大響聲，有

2　（美）威廉・福克納：《我彌留之際》，李文俊譯，漓江出版社，一九九〇年十一月版，第五十三頁。

什麼東西降下來。他們抓起各自的手槍，跳起來，面對著牆。聲音停止。靜場。他們對視，班狠狠地對著牆做了一個手勢。格斯慢慢地走近牆。他用手槍敲著牆。牆是空的。班向他的床頭走去，他的槍的扳機打開著。格斯把槍放到自己床上，輕輕拍打中間護牆的底部。他發現一個縫隙。他掀起護牆板。出現了一個送菜升降機，也就是「啞巴侍者」。有只大箱子，用滑輪吊著。）

格斯朝箱子裡張望。他從中拿出一張紙。

班：這是什麼？

格斯：你來看看。

班：念念。

格斯（念）：兩杯茶，不加糖。

班：唔——

格斯：你怎麼看？

班：嗯——

（箱子上升。班用手槍瞄準。）

格斯：給我們一個機會！他們很著急，是不是？

（班重新看一遍紙條。格斯從他肩上探頭來看。）

格斯：這有點兒——有點兒可笑，是不是？

班（迅速地）：不，這不可笑。這兒過去也許是一家咖啡館，就是這麼回事。樓上。這種地方轉手很快。

格斯：一家咖啡館？

班：是的。

格斯：什麼，你說這兒原來是廚房？

班：是的，這種地方一夜之間就轉了手。停業清理。開咖啡館的人，你要知道，他們發現生意不好，就搬走了。

格斯：你是說，開咖啡館的人發現生意不好搬走了？

班：一點不錯。

格斯：那麼，現在到誰的手裡了？

班：你說什麼，現在到誰的手裡了？

格斯：現在到誰的手裡了，要是他們搬走了，那誰搬來了？

班：嗯，那就得看——

（箱子咔嚓咔嚓地降下來，砰地一聲落地。班抬起槍口。格斯向箱子走去，取出一張紙。）

格斯（念）：當天的湯。肝和洋蔥。果醬餅。[3]

在新疆的沙漠中，因為伊犁城內有大樹生長，緣此拔掉

3 （英）哈羅德・品特：《送菜升降機》，華明譯，譯林出版社，二〇一〇年九月版，第一六三－一六五頁。

大樹，順著樹根往下挖，於是挖出了泉。沙漠無水，這是一種生活經驗之真實。但沿著大樹的樹根朝下挖，也就順理成章挖出了井，這是另外一種經驗之經驗，真實之真實。是日常經驗上的再經驗和日常真實上的再真實，乃至是一種現實主義後的現實主義——神實主義吧！而一個死了母親的兒子，為了讓死去的母親還有可呼吸的空氣流到她的屋子裡，在死者臉部上方用鐵鑽在棺材蓋板上，鑽出許多孔，結果還有洞鑽鑽到了母親的臉上去。福克納也真能想得出來，為了讓讀者相信這一細節的真實性，他讓這一事情發生在智力不太正常的兒子瓦達曼的身上去。而我們在閱讀這一細節時，感到的不是瓦達曼的智力正不正常，而是這一細節所包含的一種超真實——超真之真之真實。是兒子對母親的銘心之愛和他對母親之死的不可接受與不相信，讓死去的母親鼻前有空氣，呼吸時候不憋氣，真實得比母親死了不能繼續呼吸還真實——在這個真實上，福克納寫出了一種決然的超真之真來。在相當程度上，《我彌留之際》的整個故事——母親愛笛・本德倫死後要埋回四十英里外的娘家去，在這次行葬的過程中，大水差點沖走了棺材；大火差點焚化了遺體；屍臭招來了一群群的禿鷲。整個的送葬過程，都在經驗的真實上充滿著超越真實的超真實——不是誇張和傳奇，是肅嚴板正的超越經驗真實的經驗之真實。這種超真之真實，是透過人類的倫理情感完成的一種超越了經驗真實的再真實。

總覺得品特在觀眾對經驗真實的接受和藝術探求的遠行矛盾上，找到了一種平衡。他如拉丁美洲作家的寫作——從歐洲某些小說為了新異的主義而探求（如法國新小說）的前腳朝回收一步，使得拉丁美洲文學真正和拉丁美洲的歷史與文化，無縫地對接在一起。而品特的戲劇自《房間》後，其故事都從貝克特和尤內斯庫那兒向觀眾所能接受的經驗真實回收一步半步來，如此自《生日派對》、《送菜升降機》到《看門人》和《回家》等，在他的劇作故事裡，臺前的都是房間內觀眾所熟悉的煮茶、睡覺、讀報、閒聊和對日常經驗的重複和強調，而在這日常經驗的真實後，又都潛藏著來路不明的恐懼、危險及從不直言的焦慮和不安。這構成了品特戲劇內在的前幕和後幕、前臺和後臺、真實和超真之真之真實。而在他戲劇超真實的臺前和幕後，《送菜升降機》中的超真實，則更接近生活本身之超真實。在劇（故事）之開始後，觀眾（讀者）對班和格斯庸常、細碎的日常真實感到有些厭煩時，「兩床之間凸出的牆裡發出的巨大響聲，有什麼東西降下來。」接著牆壁裡出現了送菜升降機。升降機中的紙條上，寫著「兩杯茶，不加糖。」之後這不斷在吱呀聲中降下來的升降機，再一、再二地送來紙條和字跡：「當天的湯。肝和洋蔥。果醬餅。」「分層通心粉。雞肉麵條。」接著有了格斯朝升降機口上的喊：「三塊麥克維提餅乾！一包紅標萊昂茶！一袋史密斯炸馬鈴薯片！一塊葡萄乾餡餅！一塊水果加堅果巧克力！」[4]真實得和經驗中，樓上、樓下的點菜、送菜樣。然而在這經驗真實裡，品特告訴觀眾（讀者）的這種真實是，這間地下室原來可能是家咖啡館、可能是廚房，而樓上坐的正是客人們，只不過原來咖啡館的主人可能因為賠錢搬走了。那麼問題也就在這兒出現了——咖啡館的主人是什麼時候搬走的，以致使班和格斯到了這間地下室，已經看不出這兒曾經是咖啡館的廚房了？老主顧搬走了，新主顧到底是何人？從樓上把哢嚓哢嚓的升降機降下來

4　（英）哈羅德．品特：《送菜升降機》，華明譯，譯林出版社，二〇一〇年九月版，第一八九頁。

要這要那的又是誰？是一場遊戲，還是樓上的客人當真透過升降機在點菜要東西？這地下室的班和格斯，又為何藏在這兒呢？他們身上都有槍，又有著無法掩蓋的驚慌和不安，他們到底做過什麼才要這樣？品特在《送菜升降機》的故事中，並沒有絲毫的交代和說明。他把這些疑問都留給了觀眾和讀者。而當我們以通常的文學方式，理解為這是品特故事的開放意義時，也正是品特在真實生活的經驗上，絕妙地完成了遵循生活經驗的超經驗，遵循生活經驗真實的超真實。

是一種超真之真。

品特不讓超真實的寫作超越生活經驗的樣本而存在，正如義大利作家馬里內蒂的短劇《他們來了》中的椅子可以超越經驗，自己在舞台上排成行列魔術般地行走和運動；如尤內斯庫《新房客》中的家具，多到必須把房間的頂蓋移開，才可以把家具堆擺在屋子裡，從而使家具（物）把主人（人）的位置都給擠占去，使超真實失去真實的樣貌經驗而存在。

《送菜升降機》中的超真之真實，不僅建立在經驗真實上，而且超真實的表現也完全和經驗真實樣。讓超真之真的樣貌、規範和輪廓，幾乎完全如同生活經驗的真實樣，這是品特的戲劇作為小說閱讀時，最為含蓄而驚人的超真之真的獨有和貢獻。

十二、現代小說中的超真之真

並非小說寫作中，超真之真就輸於舞台和戲劇，而是小說的真實本性決定了這超真之真的一脈之探求，一定不會如舞台上的表演樣，醒目而了然。拉開小說和劇本彼此故事的帷幔看，二者超真實的呈現是大異其趣的。劇作中的超真之真，除卻作家在故事中的提供外，最終還有演員、道具、燈光和觀眾的想像共同來完成，是一樁「三個臭皮匠，勝過諸葛亮」的事。而小說中的超真實，除卻作家的語言外，就只有讀者合配著的想像了，所以小說中的超真之真實，更依賴作家的敘述和作家與讀者在同一軌道上的想像力。就海勒的《第二十二條軍規》言，那些在第二次世界大戰中為人類正義而飛行戰鬥的美軍飛行員，經常會從戰場上駕駛著飛機調轉機向飛到別的城市去，在那個城市吃飯、飲酒或嫖妓。這是美國空軍的真實經驗嗎？對於讀者言，這絕對是虛構。怎麼可能會這樣？在經驗真實的土壤上，讀者不會去文學真實的法庭，舉報求證這些是「假」的——因為它是二十世紀文學中的超真之真實。是完全地建立在生活經驗上的超真之真的生活和經驗。為了大發戰爭財，在《第二十二條軍規》第二十二章「邁洛市長」裡，作家把這種和生活經驗一樣的超真之真，寫得自由、淋漓而酣暢。「他（奧爾）曾經同邁洛和尤索林一塊兒被送到開羅去度假，並要他們裝些雞蛋回來，可邁洛卻買了棉花。他在破曉時起飛前經伊斯坦堡，飛機上滿載著外國蜘蛛和半生不熟的紅香蕉。」[5]這實在和《送菜升降機》中建立在真實經驗上的超真之真的真實經驗

5　（美）約瑟夫・海勒：《第二十二條軍規》，南文、趙守垠、王德明譯，內蒙古文化出版社，一九九五年十一月版，第二九七頁。

太像了，異曲同工，雙徑合匯，如同兩個孩子在「剪刀、石頭、布」的遊戲中，都深思熟慮後，突然的呈現，總是一樣的手掌、指剪或拳頭。「他們下了飛機，發現那個年僅十歲、專替妓女拉客的鬼精靈抽著雪茄，和那兩個十二歲的處女姐姐在市區一家旅館門口等候他們。」[6]然後是一夜的淫亂、荒唐和可笑，在來日離開時，「當他們到達機場準備飛往馬爾他時，飛機的炸彈艙、後艙和尾艙，以及炮塔射手座艙的大部分地方統統都裝滿了鷹嘴豆。」[7]為什麼往日我們從這些被譽為「黑色幽默」的小說裡，如貝婁、品欽、巴斯、馮內果的小說中，讀到這樣的情節和細節，都說他們誇張和荒誕，甚或用滑稽的目光去評說和判斷？而不認為這些正是小說中建立在生活經驗真實上的超真之真呢？

是超真實又是最本質經驗之真實。

6　（美）約瑟夫·海勒：《第二十二條軍規》，南文、趙守垠、王德明譯，內蒙古文化出版社，一九九五年十一月版，第二九七頁。
7　（美）約瑟夫·海勒：《第二十二條軍規》，南文、趙守垠、王德明譯，內蒙古文化出版社，一九九五年十一月版，第二九九頁。

由此去讀波蘭作家姆羅熱克的《簡短，但完整的故事》[8]這部實在太晚到達中國的小說集，我想他若是在上世紀被送到中國讀者的手裡和作家的書桌上，不知中國文學會因它產生怎樣的驚訝和影響，從而使姆羅熱克成為海勒、席勒那樣在中國文學中炙手可熱的人。在《簡短，但完整的故事》裡，倘若說誇張，可能再也難有比姆羅熱克的寫作更為誇張了，但視其為真實，卻再也沒有如此這般的真實了。在現代商業世界裡，一個商店進貨時，竟然運來了四百件十六世紀的半身鎧甲，而且最後這些鎧甲還成了最暢銷的商品（〈實用的半身鎧甲〉）。一個姑娘出嫁時，父親給她的陪嫁是一個發電廠和六項生物化學領域的研究專利。而在這婚禮過程中，婚禮的儀式是對新娘進行電解質處理後，再把她和新郎一道送入低壓室的洞房裡（〈在阿托密采的婚禮〉）。對整

8　（波蘭）姆羅熱克：《簡短，但完整的故事》，茅銀輝、方晨譯，花城出版社，二〇一八年八月版。

個《簡短，但完整的故事》之閱讀，因為所謂的荒誕、誇張而帶來的笑，始終如影隨形地伴著讀者的情緒，然在停頓或者合上書頁時，那種伴隨著生活真實的超真實，卻又會深深地印刻在讀者頭腦中。把閱讀退回到《送菜升降機》，其超真之真，是在現實經驗真實上產生的如經驗一樣的超真之真；《第二十二條軍規》中的超真之真，是建立在經驗和超經驗上的超真之真實；而《簡短，但完整的故事》中的許多超真之真，則是建立在超經驗想像上的超真之真。無須討論這三種超真實來源的差別所帶來的閱讀感受之差異，和讀者對文學真實性的考量之不同，但面對《送菜升降機》那樣的超真之真時，讀者不會發笑，不會用誇張、荒誕去評說海勒一樣地評說這位嚴肅不安的劇作家，可也不會用誇張、滑稽去評說姆羅熱克樣地去評說海勒和他的《第二十二條軍規》

中的超真之真。

面對不同的超真之真，閱讀的感受和態度，作家們嚴肅、荒誕和滑稽上的差異性，表面是這些作家的不同故事帶來的，而其實質上，是作家面對現實世界的不同立場和態度決定的。文本上的差別彷彿緣於風格和主義，而說到底，還是作家面對他所處的現實與歷史的世界觀。在《簡短，但真實的故事》裡，〈在磨坊，在磨坊，我的好主人〉也許是姆羅熱克更值得閱讀、品味之寫作，因為在這個故事裡，超真之真依然在，但我們再也不會覺得誇張和滑稽，反倒覺得姆羅熱克莊嚴和肅正。同一個作家的同一支筆，卻在超真之真上，有了完全不同的結果和意義。為什麼？因為在〈在磨坊，在磨坊，我的好主人〉裡，那種超真之真，回歸並建立在了生活經驗的真實上，而非建基在虛構的不真之真的想像上。

想到阿根廷女作家施維伯林的小說集《吃鳥的女孩》，其中的〈吃鳥的女孩〉和〈蝴蝶〉等短篇，可謂超真之真的又一種形類的傷哀典例和範本。在生活經驗的真實上，她為超真之真的更真實，又提供了一種新的寫作和可能。緣此去追溯她的先輩作家科塔薩爾那篇深情愁意的短篇〈被占據的住宅〉讀，小說描述一對獨身不婚的兄妹，長期共同住在一所深宅大院的生活，而最後不知何故，又不得不離開這宅院。這故事似乎是一種不真之真之寫作，但卻又是一種完全建立在生活經驗上的超經驗和超真之真——面對二十世紀文學中舉不勝舉的超真之真，凝目回溯時，不免我們會有些失意、茫然地問自己，為什麼我們的寫作中，沒有這種超真之真？為什麼超真之真之寫作，多在戲劇和小說中的短篇裡，而長篇卻甚少有這樣更成功的寫作和嘗試？尤其更值得思味的是，在二十世紀小說如此活躍而碩果纍纍的成就裡，不得不說，超真之真並無有能夠引導後來文學的走向與作家和寫作，比之二十世紀戲劇中呈現的超真之真，也委實沒有那樣有雷雨之勢的小說留下來。

十三、反真實

反真實最典型的例子是《禿頭歌女》中的馬丁夫婦，他們偶然相遇後，形同陌人、互不相識，談了許久才弄清他倆是同乘一趟火車，從同一個地方來，同住一條街、一幢樓、一間房，並同睡一張床，彼此還有共同的孩子——原來他們是夫妻！在整個文學作品的閱讀中，如果說有哪些故事中的「真實」，會隕石一樣飛落砸在我頭上，那也就是這段對話敘述的這則故事中的真實了。

三十多年前，不知在哪見到了那套曾經讓中國作家興奮不已的《外國現代派作品選》，從中讀到這不足百言的故事介紹後，我完全被這故事驚呆了。

我想這也叫故事！

我想這才是真真正正的故事呢！

我從此記住了那個叫尤內斯庫的人，記住了叫《禿頭歌女》的故事名——而非劇作名。且自讀到這則故事後，我從此記住了貝克特和那本書上另外介紹的法國作家阿達莫夫、英國作家哈樂德．品特，美國作家渦比、阿根廷作家庫賽尼等。他們對我來說都不是劇作家，而是用劇之形式寫作的小說家。我們彼此相識，念念不忘。我的頭腦中塞滿了他們講的劇故事。尤其在《禿頭歌女》中，馬丁夫婦的故事裡，那種被我視為真實中的反真實——我被這反真實的真實之隕石，砸得頭破血流，啞口無言，甚至連尤內斯庫的名作《新房客》，看了都覺得不如馬丁夫婦的故事好。

世界上哪兒還有比這更好的文學故事呢？

之後在相當長的歲月裡，我在獨自相處時，總是莫名地想如果我把馬丁夫婦這則故事寫成小說時，該如何面對故事中看不見的邏輯而讓讀者覺得真實呢？如讓讀者面對海面之冰光，就可看到大海底部「八分之七」的冰山，甚或大海底部的山脈起伏呢？

我曾經千百遍地去思考馬丁夫婦故事中的真實和真實

性，像對我小說中關於真實的信仰產生了懷疑樣，緣此擔心有一天，突然看見了神而發現神明原來也是人，因此就永遠地躲著不去找尋《禿頭歌女》的完整劇本讀。擔心讀之使這反真實中的真實轟然塌下來，或在這反真實的故事裡，文學的真實和真實性，結實、完美得如磚石地基樣，使我們日後面對千姿百態的文學真實時，無路可走。今天倘若不是為了寫作這本薄頁書，我知道自己依然不會去找讀《禿頭歌女》的劇作和故事。

《禿頭歌女》第四場

〔前場人物，除去瑪麗。〕

〔馬丁夫婦面對面坐下，不說話，相互靦腆地微笑。〕

馬丁先生：（下面這段對話要用一種拖長的、平淡的聲音說，聲調有些像唱歌，但不要有任何起伏）請原諒，夫人，如果我沒弄錯的話，我好像在什麼地方見過您。

馬丁夫人：我也是，先生，好像在什麼地方見過您。

馬丁先生：夫人，我會不會在曼徹斯特碰巧見到過您？

馬丁夫人：這很可能。我就是曼徹斯特人！可我記不很清楚，先生，我不敢說是不是在那裡見到您的。

馬丁先生：我的天！這太奇怪了！我也是曼徹斯特人，夫人！

馬丁夫人：這太奇怪了！

馬丁先生：這太奇怪了！不過，我，夫人，我離開曼徹斯特差不多有五個星期了。

馬丁夫人：這太奇怪了！多巧啊！我也是，先生，我離開曼徹斯特差不多也五個星期了。

馬丁先生：夫人，我乘早上八點半的火車，五點差一刻到倫敦的。

馬丁夫人：這太奇怪了！太奇怪了！真巧！我乘的也是這趟車！先生！

馬丁先生：我的天，這太奇怪了！說不定，夫人，我是在火車上見到您的？

馬丁夫人：這很可能，真沒準兒，非常可能，總而言之，沒法說不！……可是，先生，我一點兒也記不起來了！

馬丁先生：我坐的是二等車，夫人。英國沒二等車，可我還是坐的二等車。

馬丁夫人：這太奇怪了，太奇怪了，真巧！先生，我坐的也是二等車。

馬丁先生：這太奇怪了！我們說不定就是在二等車廂裡碰上的，親愛的夫人！

馬丁夫人：這很可能，真沒準兒。可我記不太清楚了，親愛的先生！

馬丁先生：我的座位是在八號車廂，六號房間，夫人！

馬丁夫人：這太奇怪了！親愛的先生，我的座位也是在八號車廂六號房間呀！

馬丁先生：這太奇怪了，多巧啊！親愛的夫人，說不定我們就是在六號房間碰見的？

馬丁夫人：這很可能，不管怎麼說！可我記不起來了，親愛的先生！

馬丁先生：說實在的，夫人，我也記不起來了，可說不定我們就是在那裡見到的。如果我記得起來的話，看來這是非常可能的。

馬丁夫人：噢！真的，肯定，真的，先生！

馬丁先生：這太奇怪了！……就是三號座位，靠窗口，親愛的夫人。

馬丁夫人：噢，我的天，這太奇怪了，這太怪了，我是六號座位，靠窗口，在您對面，親愛的先生。

馬丁先生：噢，我的天，這太奇怪了，多巧啊！親愛的夫人，我們原來面對面！

馬丁夫人：這太奇怪了！這有可能，先生，可我記不起來！

馬丁先生：說真的，親愛的夫人，我也記不起來了。不過，我們很可能就是在這個場合見到的。

馬丁夫人：真的，可我一丁點也不能肯定，先生。
馬丁先生：親愛的夫人，那位請我替她把行李放到架子上，然後向我道謝，又允許我抽菸的太太，難道不是您？
馬丁夫人：是，先生，那該是我呀！這太奇怪了，多巧啊！
馬丁先生：這太奇怪了，這太怪了，多巧啊！嗯，哦，哦，夫人，我們或許就是那時候認識的吧？
馬丁夫人：這太奇怪了，真巧！親愛的先生，這很可能！不過，我覺得我還是記不起來了。
馬丁先生：夫人，我也記不起來了。
〔靜場片刻。鐘敲二點又敲一點。〕
馬丁先生：親愛的夫人，我來倫敦一直住在布隆菲爾特街。

馬丁夫人：這太奇怪了，這太怪了！先生，我來倫敦也一直住在布隆菲爾特街。

馬丁先生：這太奇怪了，嗯，哦，哦，親愛的夫人，我們也許就是在布隆菲爾特街遇見的。

馬丁夫人：這太奇怪了，這太怪了！無論如何，這很可能！親愛的先生，可我記不起來了。

馬丁先生：親愛的夫人，我住在十九號。

馬丁夫人：這太奇怪了，親愛的先生，我也是住在十九號。

馬丁先生：嗯，哦，哦，哦，哦，親愛的夫人，我們也許就是在這幢房子裡見面的吧？

馬丁夫人：這很可能，親愛的先生，可我記不起來了。

馬丁先生：親愛的夫人，我的套間在六層樓，八號。

馬丁夫人：這太奇怪了，我的天，這太怪了！真巧！親愛的先生，我也住在六層樓，八號房間。

馬丁先生：（若有所思）這太奇怪了，這太奇怪了，這太奇怪了，多巧啊！您知道，我臥室有張床。床上蓋著一條綠色的鴨絨被。親愛的夫人，我這房間、這床呀！綠色的鴨絨被呀！在走廊盡頭裡，在衛生間和書房中間！

馬丁夫人：太巧了，啊！我的天哪！巧極了！我的臥室也有張床，也是蓋的一條綠色鴨絨被，也在走廊盡頭裡，親愛的先生，也在衛生間和書房中間呀！

馬丁先生：這太古怪，太奇怪，太妙了！哦，夫人，我們住在同一間房裡，睡在同一張床上，親愛的夫人。

也許就是在那兒我們遇上了？

馬丁夫人：這太奇怪了，真巧！很可能我們是在那兒遇上的，說不定就在昨天夜裡。親愛的先生，可我記不起來了。

馬丁先生：我有個小女兒，親愛的夫人，我那小女兒同我住在一起。她兩歲，金黃頭髮。她一隻白眼珠，一隻紅眼珠，她很漂亮，親愛的夫人，她叫愛麗絲。

馬丁夫人：多稀奇的巧合啊！我也有個小女兒，兩歲，一隻白眼珠，一隻紅眼珠，她很漂亮，也叫愛麗絲，親愛的先生！

馬丁先生：（依然拖腔拖調地、平淡地）這太奇怪了，太巧了，真怪！親愛的夫人，說不定我們講的就是同一個女孩啊！

馬丁夫人：這太奇怪了，親愛的先生，這很可能。

〔較長時間的靜場……鐘敲二十九下。〕

〔馬丁先生思考多時，緩緩站起，不慌不亂地向馬丁夫人走去。馬丁先生莊嚴的神態使她大為吃驚，她也緩緩地站了起來。〕

馬丁先生：（還是用那種少有的、平淡、近似唱歌的腔調）哦，親愛的夫人，我看我們肯定已經見過面了，

您就是我妻子……伊莉莎白，我又找到您了！

〔馬丁夫人不急不忙地向馬丁先生走去。他們擁抱，毫無表情。鐘很響地敲了一下，響得叫觀眾嚇一跳。〕

〔馬丁夫婦倆卻沒有聽見。〕

馬丁夫人：道納爾，是你呀，寶貝兒！

〔他們在同一張安樂椅上坐下，緊緊地抱在一起，睡著

了。」

「鐘又敲了好幾下。瑪麗踮著腳尖，一隻手指貼在嘴唇上，悄悄地上場，轉向觀眾。」[9]

我是不是有抄襲之嫌了？

在《禿頭歌女》中，將十一場戲的劇情當作小說或小說故事閱讀時，其第一和第四場，實在是太偉大、罕見的人世故事了。尤其第四場馬丁先生和馬丁夫人的故事可謂反人類、反家庭和反真實的曠古之敘述，趕盡殺絕了作家們的想像力和真實性。當那些戲劇研究者稱其為是「反戲劇」的寫作時，將其放入人類的文學——而非單單是戲劇——去看馬丁和他夫人相遇、再識的故事時，它不是反戲劇和反動戲劇性，而是反動整個人類文學自古至今的真實和真實性。

9　（法）尤涅斯庫：《荒誕派戲劇選》，《禿頭歌女》，高行健譯，外國文學出版社，一九八三年八月版，第一九〇－一九五頁。（編案：臺譯尤內斯庫。）

反真實——反動真實和真實性，又給人擺不脫的真實感和真實性，這真實的悖論在三十多年前，給一個寫作者形成了真實的震懾和壓迫，並使這個作家反覆想到霍桑寫於一八三五年的《威克菲爾德》。

霍桑因為《紅字》而偉大，但《威克菲爾德》則使他更加偉大和永恆。

《禿頭歌女》中的馬丁夫婦和《威克菲爾德》是什麼關係呢？

是相距一百一十餘年的時間之關係。

是一百一十多年後，尤內斯庫將反真實走向了明確、徹底和決絕。從《威克菲爾德》中的威克菲爾德夫婦，到《禿頭歌女》中的馬丁夫婦，三十多年的閱讀、不安和冥想，都是為了霍桑和尤內斯庫這兩個人，是尤內斯庫讓我反觀認識了《威克菲爾德》真正的偉大和不凡。它們使我漸次可以從這種反真實的真實中解放出來，獲得一種釋放和坦然，意識到文學自古自今在走來的講述道路上，當路面到處都寫著「真實即信仰」的字樣時，便就可以從這個角口看到在事實↓真實↓真實性和可能性真實的後面，還有文學的不可驗證之真、不真之真和超真之真的文學真實後，原來還有一種真實是反真實！

反真實是超真之真的又一個層階和梯道，甚或是寫作通往真實之絕途——文學真實之地獄的又一段路程和目的地。這個建立在超真之真上的反真實，一百多年前它以超真之真的名義和霍桑相遇了；一百多年後，它投桃報李、遞進質變，更姓改名為反真實，進入尤內斯庫的懷抱後，被三十七歲時的尤內斯庫在一場驚而美的夢後寫出來了，使他成了反真實幽暗深處的哈德斯，或專門引導真實和真實性走向反真實地獄的梅爾克利烏斯。

如此而已吧。

大約也就如此而已吧。

一如我從未覺得「荒誕文學」的荒誕樣，我也從未覺得「荒誕戲劇」有何荒誕性。我們不該用荒誕這一概念，去掩蓋一時沒有理解的超真之真和反真實的真實和真實性，宛若不能用一池濁水去遮掩我們沒有看見、發現的一汪清泉樣。世界上所有的荒誕都是有因果緣由的。有因果緣由的物事都是真實而非荒誕的，無因果或無對稱因果的，才謂荒誕，才為超現實。事實上，一個世紀以來，文學中我們說的許多荒誕不是真荒誕，而是超真之真或反真實。是反真實中的超真之真實。文學的使命不僅是要寫出可見的人的靈魂真實性，還要發現不可見的人的靈魂真實性。那些真正偉大的作家們，發現了這些不可見的靈魂真實和存在，就像有人看見了薛西弗斯每天滾石不止、循環往復，正是人們活著的最內在的真實樣。他們用小說、詩歌、戲劇、繪畫等方式，將這種人類存在的最內在的反真實的真實呈現出來了，而我們面對這些新真實——無法驗證的真實、超真之真實、反真實的真實等，卻只能一籃子一筐地說它們荒誕或者超現實。

超現實給經驗的真實一家獨尊之地位，其餘與它不同的，你們都是超現實，都可歸入荒誕那個籮筐內。因之一詞之荒誕，便囊括、雜糅、涵蓋和遮掩了那些偉大作家對文學真實與真實性的巨大發現和開拓，就像用宇宙兩個字，囊括了人類之外無邊的存在和無邊的差異樣。

《等待果陀》不僅是一種超真之真，也是一種反真實。

《開心的日子》不僅是一種無法驗證之真實，也是超真之真和反真實。

馬里內蒂的《他們來了》、尤內斯庫的《椅子》和《新房客》，關係上似乎都是人與物，是物對人的牽引、壓迫和異化，都是以「房間」、「椅子」（家具）為道具的象徵和暗示，可在真實和真實性的原則上，《他們來了》更多地表現在不真之真上；《椅子》則更絕妙地混合了在經驗真實上的超真之真實，是超真實上的反真實。而同為尤內斯庫代表作的《新房客》，則更直切地透散著故事中的反真實。將這些劇作之小說相類相比時，它們的差別不僅是長度和篇幅，還有故事中真實性的複雜性。從這個角度說，尤內斯庫的《禿頭歌女》、《椅子》和《犀牛》，其整體在經驗真實上的超越和開拓，對超真之真和反真實的抵達和牴牾，那就實在不是在真實上的植樹、種草和養花，而是發現了森林、曠野、戈壁和荒原。

史密斯先生：（報紙仍然不離手）有件事我不明白，為什麼這民事欄裡總登去世的人的年齡，卻從來不登嬰兒的年齡？真荒唐。

史密斯夫人：這我可從來還沒有想到過！

〔又一陣沉默。鐘敲七下。靜場。鐘敲三下。靜場。鐘半下也不敲。〕

史密斯先生（報紙不離手）咦，這兒等著勃比·華特森死了。

史密斯夫人：我的天，這個可憐人，他什麼時候死的？

史密斯先生：你幹麼這幅吃驚的樣子？你明明知道，他死了有兩年了。妳不記得了？一年半前妳還去送過葬的。

史密斯夫人：我當然記得，一想就想起來了。可我不懂，你看到報上這消息為什麼也這樣吃驚？

史密斯先生：報上沒有。是三年前有人講他死了，我靠聯想才想起這事來了。

史密斯夫人：死得真可惜！他還保養得這樣好。

史密斯先生：這是英國最出色的屍首！他還不顯老。可憐的勃比，死了四年了，還熱呼呼的。一具真正的活屍！他當時多快活啊！[10]

在《禿頭歌女》中的第一場，中產家庭的史密斯夫婦依舊從日常的吃喝、讀報對話，進入故事的開始和內部，然後

10 （法）尤涅斯庫：《禿頭歌女》，《荒誕派戲劇選》，高行健譯，外國文學出版社，一九八三年八月版，第一八五頁。

真實和不真之真，以及建立在經驗真實上的超真之真實，就這樣一步步地走來了。在他們談論的勃比・華特森之死裡，史密斯先生明明說是報上登的消息，可接著他又說報上沒有登，是三年前有人說他死了。明明說是三年前有人說他死了，可此前他卻說他的夫人妳明明知道他死了二年啦！一年半前妳還去給他送過葬。而在談論死者的屍首時，史密斯先生卻又接著道：「這是英國最出色的屍首！他還不顯老，可憐的勃比，死了四年了，還熱乎乎的。一具真正的活屍！」時間在這兒如夢囈人的錯亂囈語樣。事件在錯亂的時間中，失去了真實和真相，從而反真實在這無意義的生活中悄然出現了。這兒表面看是事件的真相和非真相，而在根本上，是一種文學真實中的反真實和反真實中的文學之真實。繼而從勃比的死，他們想到了他的妻子——

史密斯夫人：我從沒見過她，她漂亮嗎？
史密斯先生：她五官端正，可說不上漂亮。塊頭太大，太壯實了。她五官不正，倒可以說很漂亮。個子太小又太瘦。她是教唱歌的。
史密斯夫人：這一對打算什麼時候結婚？
史密斯先生：最遲明年春天。
〔鐘敲五下。間歇多時。〕
……
史密斯夫人：她年紀輕輕就守寡，夠她傷心的了。
史密斯先生：幸虧他們沒孩子。
史密斯夫人：他們就差沒孩子！可憐的女人，不然叫她怎麼辦？
史密斯先生：她還年青，還可以再結婚。男人死了她巴不得。

史密斯夫人：那誰照看孩子呢？他們有一男一女呀。這兩個孩子叫什麼？[11]

結婚？沒結婚？胖？瘦？五官端正而不漂亮？五官不正而很漂亮？幸虧沒孩子？有一男一女都叫勃比嗎？丈夫、妻子和一雙兒女的名字都叫勃比，那麼他們是四個人還是一個人？討論失憶、混亂、真實在這兒是沒有意義的，唯一有意義的是反真實。所以在《禿頭歌女》中，第二場和第三場都短得如同開次門和關次門，然而馬丁夫婦到來了，這個驚天動地的反真實的經典故事登場了。之後都是反真實的延續和注腳。在等待這種反真實人物故事的收場結尾中，我提心吊膽，雙手捏汗，生怕反真實發光的太陽會如氣球般，被某種

11　（法）尤涅斯庫：《禿頭歌女》，《荒誕派戲劇選》，高行健譯，外國文學出版社，一九八三年八月版，第一八六－一八七頁。

經驗真實的芒刺刺過去，使得反真實的真實從此熄焰而止滅，及至讀到故事（劇情）之最後，人物們在你一句、我一句地說著「『人固然用腳走路，可用電、用煤取暖。』『今天賣牛條，明天就有個蛋？』『日子無聊就望大街。』『人坐椅子，椅子坐誰？』『三思而後行。』『上有天花板，下有地板。』」[12]……雖使人感到情節、情緒一飛沖天的跌落和失落，可同時又不免會心一笑而已。

誰能給反真實最真實的結尾呢？

當結尾是馬丁夫婦在重複史密斯夫婦開場時的無意義時，是不是故事只能如此讓無聊和無意義成為《禿頭歌女》最恰切的收場呢？然而這個收場可以成為《禿頭歌女》之收場，而反真實在文學真實的原則上——如履行《憲法》般的神聖上，在貝克特、尤內斯庫後，又該怎樣前行拓展呢？在

12（法）尤涅斯庫：《禿頭歌女》，《荒誕派戲劇選》，高行健譯，外國文學出版社，一九八三年八月版，第二二二頁。

我們的小說寫作上，又該如何延拓這種反真實的真實性？是視而不見還是汲養和拓展，寫出中國小說中的超真之真、無可驗證之真和文學真實性上的反真實？

十四、反真實與真實之經驗

沒有人反對文學與經驗千絲萬縷的瓜葛和聯繫。直接的、簡潔的；簡潔、直接之後的想像與創造。所有有價值的文學，都是生活與人之思緒、情感和靈魂之真實，透過作家情感的輸出與轉化。如果卡夫卡還活著，他也許會說：「格里高爾變成甲蟲那是生活的真實啊！」說到底，在文學創造中，所有偉大作家之所以偉大，首先是他可以看到或感受到相同經驗中的不同真實和異樣——在幾近相同的經驗裡，看到和感受不同的真實，才是作家們寫作的唯一理由和價值。當你看到、寫出的真實和生活的真實大同小異時，那你就不是作家，而是大眾生活經驗的一個搬運工，哪怕你的作品廣受歡迎也如此。

作家和作家之不同，首決於面對人和世界時，有些作家總能看到和發現真實經驗的異處和截然不同處。中國文學的隆興和單調，就在於太多作家看到的現實是一樣的，人和世界也是幾無差別的。或者說，明明每一個人看到的世界都是不一樣的，種種因由卻寫出了相同的現實和世界。如果說大家作品中的世界有差異，也是一片草原上同一種植物的這片葉子大一些，那片葉子小一些；這個作家從這種植物上看到了綠葉和盛茂，那個作家從同一株植物上，看到有葉子黃了、花落了。

然而在現實世界中，彼與此的經驗卻是絕對差異、絕對不一樣。

生活的豐富、龐雜、慌亂、無序、分裂和矛盾，常常讓人感嘆「怎麼會是這樣子！」「怎麼就成了這樣子！」可作品卻從來都是那樣子。早年大家都還感嘆「生活的豐富遠比文學更豐富，生活的傳奇與荒誕遠比小說的荒誕、傳奇有過之而無不及。」而現在，作家多都不再這樣感嘆了。作家和書寫已經習慣這些了。作家筆下的文學真實性與生活真實的荒誕性，已經不再在想像與經驗的軌道上，起跑競賽去爭取那枚真實性的獎章了。大家任由文學趨同的力量把大家召喚在同一廣場上，幾乎每個人都在用放大鏡尋找著大同中的小異，之後把這微異拉近或推遠，給它以最好的讚美或頌辭，以使自己也相信文學的繁榮與偉大，相信自己寫作的獨一無二。

一方面都意識到由十四億人口組成和堆積如山的生活經驗不是一座山，而是一架連綿不絕的山脈和一艘船隻無法渡過去的海；另外一方面，又都相信自己看到的眼前世界的一部分，不是一部分而是全部的世界或世界之本質。一方面感嘆著現實中心的腳步之凌亂，另外一方面，又絕不承認自己是距離生活真實的核心愈來愈遠的人。每一個作家都認為自己是看穿了生活（真實）的人——這也包括我，而且我可能是在那些自認為中更為突出的——然當筆觸落到真實的源頭為經驗真實的作品上，最終的寫作，卻又都是最易被人看到和感受到的日常經驗之真實。

把自己經歷、看到、感受的經驗等同於世界，而忽略別人看到、經歷、感受的經驗真實性；相信自己經驗的真實性，而忽略或反對別人經驗的真實性；相信生活的事實、可能和可以的想像的真實性，但卻決然不能承認文學除卻這些真實性，還有不能驗證之真實、超真之真實乃至反真實的真實性。一方面日日時時地經歷目睹著現實中反真實、反邏輯的超經驗，另外一方面，卻又固守著往日經驗的堡壘和橋頭。因之面對現實世界中的超經驗和反經驗，卻也不會讓文學朝著無法驗證的真實和超真之真與反真實的方向走一步。

也許小說中的超真之真和反真實，在上世紀的九〇年代前後沒有走入我們的寫作，就再也難以走入了，如同一列火車在某一車站沒有停靠，就再也不會停靠了。因為那列火車錯過車站後，它哐當哐當地一去不返了。已經駛入另外的軌道了。哪怕生活這一經驗的源頭依然還是文學的真實之源頭，可在這源頭的真實上，另外的經驗只是存在而不是源頭了。所以也才在這個時間節點上，感悟文學多樣、無邊的真實和真實性，才是真正文學的魂靈和唯一之價值，是唯一之寫作的信仰和驅動力；也才再一次地理解在真實性上的不真之真、超真之真和無法驗證之真實，以及反真實的真實性，在我們寫作中的稀缺和空白。

也才可以忽然大著膽子說出下面的話：

對於有的寫作者，最大的真實是《戰爭與和平》，是《安娜．卡列尼娜》和《包法利夫人》，或者魯迅、雨果、哈代、狄更斯，再或巴爾札克等；而對另外一些人，所謂真實則是人為蟲、人為犀牛與猿猴，是戰機上的炸彈艙裡裝滿了蜘蛛、半生不熟的紅香蕉和鷹嘴豆，是馬孔多鎮的起源、發展和消失。甚至以上的真實都不是，而是反真實中的愛斯特拉岡和弗拉季米爾，是馬丁夫婦彼此見面談了許久才知道，他們是同從一個地方來，坐在同一列火車上，在火車上坐在同一車廂的面對面，而且又住在同一條街道、同一幢樓、同一間房子和同一張床——原來他們彼此是夫妻！還有他們共同的孩子出生在這個如此現實（真實）的世界上！

第四章

形式與形式的真實性

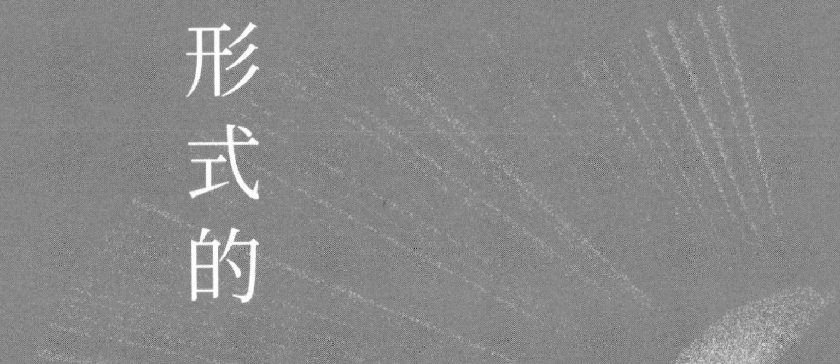

十五、形式的真實性

將形式與內容分開來，是理論家對小說庖丁解牛時，要將牛皮從牛的身上分開來，牛骨從牛肉中分開來。而當我們將真實和其真實性，還原為小說的憲法、真理、信仰時，會發現真實無法離開包含著情節、細節的故事而存在；而故事無法離開包含著方法的形式而存在。

在任何一部作品中，當故事產生時，事實上作為方法的形式也就產生了。形式永遠和故事在一起，沒有形式就沒有故事在；反之，沒有故事也就沒有形式在。他們不僅如同孿生兄弟般，而且有時就是一種難以分割的連體人。只不過在這連體或者孿生的兄弟間，有時候是甲在我們正對面，有時候是乙在我們正對面。然而當我們確立了故事的真理、憲法為真實時，我們忽略了形式不僅是為了故事、仰仗故事而存在，而且形式也是文學之本身，它是為了真實、證明真實而存在。甚或在一些傑出的作家或作品那兒，形式本身就包含著故事之事實，具有天然而成的內容真實性。

《伊索寓言》誕生於西元前六世紀，距今已是二千六百多年。而今天，我們看到的四百零五篇寓言故事後，都有伊索寫下的「這個故事告訴我們……」、「這個故事說明……」、「這個故事的意思是……」如此等等的一句「思想總結」或論述。這個總結或論述，同故事自始至終並置在一起，構成了《伊索寓言》平行、呼應的形式和方法，是我們討論伊索寫作的方法論。然而被我們疏忽的伊索寫作的方法和形式，也還有《伊索寓言》開篇中的「伊索特別善於講故事。一天，他閒著無事，就溜達到了造船廠。造船廠工人見他來了，非常高興，就千方百計逗他說話。伊索拗不過，就講了個故事：話說遠古時候，天地一片混沌，到處都是水……」[1]這就交代作品中的兩個開端同時產生了：一是故事產生了；二是講故事的方法——形式也產生了。

有趣的情況是，我們作為聽者或故事閱讀人，知道《伊索寓言》中所有的狐狸、兔子、烏龜、獅子、鳥雀、蛇、象等動物，在故事中「如此這般」都是虛構的；另外一方面，那個作家伊索卻是真實存在著。這些故事都是「真人」講的「假故事」。在這兒，如果可以吹毛求疵、窮根究柢，《伊索寓言》即便不能被稱為後設小說，至少也有著後設小說中的「後設」，有著一種形式比內容更實在的真實感和真實性。

在《伊索寓言》中，故事和「講故事」是同時產生的，

1　（古希臘）伊索：《伊索寓言》，張弛、孫笑語譯，安徽文藝出版社，二〇一八年三月版，第一頁。

形式上的「後設真實」，比故事的真實和真實性，來得更早、更直接，更具有一種真實感和真實性。沒有這個「伊索講故事」的形式在，也就沒有《伊索寓言》中的故事在，即便故事中因為虛構、擬人而沒有「事實之真實」，而只有真實中的真實性，「伊索講故事」的事實、真實和真實性，卻是不言而喻、不容置疑的。從《伊索寓言》這人類最早的文學作品中，我們看到的形式是寓言和一則一論的平行與形式上的點睛法，而形式之真實，卻是具有「後設真實」的「伊索在講故事」的敘述上的事實和真實性。

回到講故事的形式上，《一千零一夜》是雪赫拉莎德夜夜給暴君講故事。《十日談》是七女三男在一三四八年的佛羅倫斯黑死病中逃往城郊外，為了對抗時光而每人每天講述一個故事，十日後便有百個故事的講述和誕生。在這兒，講故事在形式上的「套娃法」，構成了故事的存在和真實。就是《伊里亞德》中沒有那個「講故事的人在講故事」——的形式在，我們也能從那詩、文和故事中，聽到、看到那個「講述者」的聲音在講述和朗誦——「歌唱吧！女神！歌唱佩琉斯之子阿基里斯的憤怒——他的暴怒招致了這凶險的災禍，給阿開亞人帶來了受之不盡的苦難……」[2]史詩般的故事到來了，而那個「講述者」，也分明在我們眼前行走和吟唱。《搜神記》以「搜羅記載」為方法，然後那些神仙鬼怪的故事也就誕生了。《聊齋志異》明明寫的都是鬼、狐、仙、妖、怪，是更純粹的小說虛構和「不真實」，是無中生有、不真之真，可卻又從開篇始，自形式上都以紀實之法則，講這個虛構是「予姊丈之祖，宋公諱燾，邑廩生。一日，病臥，見吏人持牒，牽白顛馬來……」[3]（我姊夫的祖

2　（古希臘）荷馬：《伊利亞特》，陳中梅譯，北京燕山出版社，一九九九年五月版，第一頁。

父宋燾先生，是縣裡的秀才。一天，他生病躺在床上，忽然看見一個官差拿著官府的文書，牽著一匹白顛馬走上前來……〉）（〈考城隍〉）、「譚晉玄，邑諸生也。篤信導引之術，寒暑不輟。」[4]（譚晉玄，是縣學裡的生員。他十分崇信氣功養生之術，無論嚴冬還是酷暑，都堅持練功不斷。）（〈耳中人〉）、「信陽某翁者，邑之蔡店人。」[5]（〈尸變〉）。就這些小說看，自《聊齋志異》的首篇始，明明寫的是一個病人在病床上精神恍惚的幻覺和夢念，然而卻在形式上敘述得和紀實文學樣；次篇〈耳中人〉，非虛構般寫了一個因為氣功走火入魔的人，卻又同時寫出了因為走火入魔後而產生的奇異故事來；第三篇〈屍變〉的故事，更是怪異和不可能，但卻依然如同果有其事的紀實著。

在中國古典文學中，《聊齋志異》寫盡了故事中的「不

3 蒲松齡：《聊齋志異》卷一，于天池注，孫海通、于天池等譯，中華書局，二〇一五年四月版，第一頁。
4 蒲松齡：《聊齋志異》卷一，于天池注，孫海通、于天池等譯，中華書局，二〇一五年四月版，第七頁。
5 蒲松齡：《聊齋志異》卷一，于天池注，孫海通、于天池等譯，中華書局，二〇一五年四月版，第十頁。

可能」、「不真實」和「非人的人」與人同在屋簷下的「反真實」，然而卻又比任何小說都在講故事的方法上，講究紀實和真實性——這種越是不真和反真實，就越是講究紀實、紀錄的真實之形式，構成了《聊齋志異》最獨特的內容與方法，故事和講故事的形式與主義，有著和《伊索寓言》異曲同工的方法之真實，乃至於在《聊齋志異》近五百篇的小說中，有半數作品後的「異史氏曰」，也如同《伊索寓言》每一篇後的「這個故事告訴我們……」樣，總結、評述和點睛，為故事文本構成了平行並舉的文本法則和形式論，由此我們不得不再次意識到，文學形式自古就是和故事（內容）同生並在的，只是有的形式更為鮮明些、有的形式更為隱含些，但從來就沒有無形式的故事在，也沒有無故事的形式空如沒有軀體的衣服飄在空中樣。而且在這些作品的真實與真實性的意義上，又全都呈現出形式比內容具有更大、更直觀的事實和真實在，乃至如《伊索寓言》和《聊齋志異》這樣的故事內容更具「不真」時，形式上的真實性卻更為鮮明和突出，使得內容上的真實性，得到形式上的事實與真實的佐證和突出。從而使小說故事中的真實和真實性，那最初始的真實之源頭，竟是來自於形式上「百分之百」的真實感。

十六、形式的時空與真實性
——以「美國三部曲」、《潘達雷昂上尉與勞軍女郎》及《親和力》為例

小說的形式是一篇大文章，大到用一部巨著都難以理清說明白。然而單純地討論小說形式中的真實性，一片亂麻似乎有著頭緒了，討論的許多爭執也可以化險為夷了。

無論文學的長河悠然至千年或萬年，形式被作家和評論家前所未有之關注，都是二十世紀間的事，哪怕幾百上千年前的寫作中，如《伊索寓言》都已經有著極其值得討論的形式和形式中的真實性，而今之討論也還是要跨過時間之河

流，回到十九和二十世紀的文學上。

十九世紀文學的偉大，絕對是建立在故事內容上的偉大和不可攀；二十世紀文學的偉大，不是轉移了這一偉大的內容和故事，而是在這一偉大上，拓展了小說寫作的方法論——其中在文本的物理意義上，我們可視的小說形式之豐富，不無著功勛和成就。而當我們面對二十世紀文學長河中那些天才和巨人時，一個不爭的事實是，這些偉大的作家無不是在超越十九世紀寫作的方法上，獨有著建樹和創造。而將這一創造縮減至小說的形式上——小說形式本身所包含的內容上的真實和真實性——那種既深具物理形式的觀感，又深含內容真實的形式言，使人總是想到上世紀九〇年代初，偶然讀到美國作家帕索斯「美國三部曲」中的《北緯四十二度》，其小說內容上所謂用現實主義筆墨，宏闊地描寫了美國二十世紀前三十年的社會蒸騰和龐雜，幾乎沒有給我帶來難忘的現實主義的衝擊和感慨。然其形式上的經驗真實和真實性，卻讓人難以忘懷和觸動——不僅是形式本身的衝擊和衝撞力，還有那種比內容更真實的形式上的真實性。那種與故事的真實同步到來的文獻般真實的小說形式和方法，使得形式本身的真實感和衝擊力，第一次使人領會了小說之形式。不單是故事敘述的方法和結構，其本身所包含的真實和真實性，才更是形式的最價值和最審美，及至讀到諸多文章分析帕索斯的《北緯四十二度》、《一九一九年》和《賺大錢》這三部曲中的「新聞短片」、「人物小傳」與「攝影機眼」等文本之物理形式，而不言形式本身所包含的內容真實和對內容真實性的提供與佐證時，都使人感到莫名的遺憾和無言。

我相信小說形式本身的真實性，會和小說內容的真實契合到同體而不可分。當我們視這種形式僅為形式時，它卻是小說內容之本身；當我們視其為小說內容本身時，它卻又有著敘述形式在結構上的觀感和審美。如同世界上所有深具審美價值的地標性建築，都因其形式而成為地標性，而那形式上的建築美，卻又是建築本身（內容）的美，如梵蒂岡的聖彼得大教堂、義大利的米蘭大教堂、西班牙的塞維利亞主教座堂，它們是因為教堂的形式，才有了宗教之神性？還是因為宗教之神性，才有了這些獨具形式的大教堂？二者的統一和同一，不是內容與形式的不可分，而是它們本來就是一體而非合二為一。

從小說的思維方法上，尋找一種形式本身就是故事之本身、就是真實之本身的寫作，宛若苦行的等待和站在一堵堵高牆之下去尋求聖山上的聖光樣。所以在不久後讀到尤薩的《潘達雷昂上尉與勞軍女郎》（以下簡稱《潘達雷昂》）時，我一樣不為那奇異的故事而愕然，而是因為小說形式本身所包含的「經驗真實」——生活經驗的真實——而對內容的真實有了更上一層樓的震驚和遠眺。緣於軍隊的性別特殊性和軍紀之問題，駐紮在秘魯邊境地區的軍人們，不斷發生強姦、輪姦之案例，使得那兒軍隊聲名狼藉。為了解決這一看似荒誕而實為現實主義之真實的問題，軍隊上層悄悄委派潘達雷昂上尉扮作商人，攜妻帶母，到邊境祕密組織邊境上的「流動妓院」，解決軍人們守邊駐紮中的性問題——這故事看似真實而荒誕，看似實在而誇張，具有很大的傳奇性和戲劇性，敘述中包含著真之不真的危險和挑戰。然而在《潘達雷昂》的寫作裡，作家輕而易舉就把這故事中的誇張、荒誕與真之不真的危險化解了。且化解這種危險的方法，不是他在故事中寫了什麼，才使故事化險為夷、柳暗花明到了安全、牢靠的真實彼岸裡，而是在他的小說形式中，天然地帶有故事內容的真實性。是形式中的經驗真實性，填補了內容中誇張、傳奇、戲劇化的坑陷與溝壑，讓形式上的真實與真實性，如同經驗在現實主義中娓娓道來的縱排和展示。其小說中通篇使用的密令、公文、文件、新聞稿、電臺節目、對話採訪等，凡所牽涉的，就必呈經驗中的「原件」，而與故事在同一時空中。這種「文獻式」的敘述方法和展示，被人們將其視為「立體主義」、「結構主義」、「雙線並行」、「氣氛配合」、「話題銜接」等等形式上的拼貼和剪接、還原和表呈，從根本上說，不是形式對故事貢獻了新的講述方法和樣式，而是這種方式和方法，不僅為講述和呈現故事而存在，還為了「還原」故事發生的真實過程而存在。

在小說創作中，作家最重要的責任，就是要為故事的真實和真實性負有不可推卸的擔當和義務。但在這個擔當過程中，去呈現故事的真實是一件事，去呈現講述故事方法的真實是另外一件事——不僅是故事之真實，而且還是講述過程中的「講述經驗」之真實，如我們作為聽眾、觀眾時，對一則傳奇案例要求的是故事的真實性和邏輯性；而那傳奇案例的偵破者，要的則是故事發生過程的原始姓和證據性。有了這種過程的原始證據性，自然也就有了案件的真實性。關於形式與內容的真實性，單純地為了講述而存在的形式和包含內容真實的講述形式的差別也就在這兒。帕索斯和他的「美國三部曲」，尤薩和他的《潘達雷昂》等，在小說形式上所具有的講述經驗的真實和真實性，都緣於他們在講述故事時，在形式上「還原」了故事發生過程的原始性和證據性。

《潘達雷昂》在形式上還原故事發生的過程，是否比帕索斯的「美國三部曲」與《三個兵士》來得更為圓熟和天然並不重要，重要的是自他們之後讓人意識到：小說形式不單單是為了敘述和結構，還可能，並可以如同內容上的經驗真實樣，完成小說形式的真實和真實性。乃至於去回想《潘達雷昂》這部形式上的妙作時，覺得這個祕密組織「勞軍隊」的故事，不是為了小說的內容而產生，而是為了有這種講述形式的真實而存在——故事的價值和意義，是為了證明形式的真實發生。而當這種形式缺少了還原故事過程的真實和真實性，那個故事就不再有存在的價值和意義。因之作家在寫作上的文學意義和藝術之追求，也就變得像因為沒有橋梁和渡船，河流就不再有它流淌的必要和價值樣。

我經常為「形式為內容服務」或「形式服務於內容」、「形式大過了內容」這樣的判斷和批評而困惑。為什麼內容不能服務於形式？為什麼內容不能為形式存在而存在？為什麼形式塑造了內容，而內容不能去同時互塑、互成形式之美呢？難道形式本身不也是藝術審美的範疇嗎？如《潘達雷昂》和瑞士作家馬克斯．弗里施的《藍鬍子》，中國讀者婦孺皆知的〈竹林中〉，這些不都是小說的形式塑造了內容上的真實，而故事內容又反塑了形式真實的作品嗎？為什麼在形式與內容有真實互塑、互動的小說寫作中，那些小說故事都荒誕、奇異、超現實和戲劇化，但在我們的閱讀中，它們卻又讓我們感受不到內容戲劇化的荒誕和奇異，而感受到一種真實中的超真之真？

歌德的《親和力》來到中國已有數十年，而我讀它已遲至二〇一五年。彼時，緣於時間褪去了歷史之光色，並不覺得其中的「婚姻親和」有多麼的振動和激盪，乃至沒有三十幾年前，閱讀《少年維特的煩惱》時的激情蕩漾在。時間和風沙樣，一刻也不停息地吹拂著藝術的多變和美意。我不是相信文學作品越古老就越有審美價值的那種說法和論斷，無論如何，古董越老越值錢的原因不在它的審美上，而在它的稀有和研究價值上，而文學作品大抵也如此。面對二百年前的《親和力》，我們已經無法想像當年出版時，「書店門前從來沒有過這麼熱鬧擁擠，那情形簡直就跟災荒年間的麵包鋪一樣……」[6]的場景了，然而閱讀時，卻讓人為故事敘述過程中，適時跳躍而出的鑲嵌在敘述中更換了字體的女校長的附信、男助理的便條、主人翁們的書信往來、日記摘抄和爵士到來後，所講的故事中的故事，如被我們視為小說中

6　（德）歌德：《親和力》，楊武能譯，四川文藝出版社，二〇一七年四月版，第一頁。

的小說的獨立短篇《一對離奇的鄰居孩子》等，這些都如同「文獻資料」般，真實、隨機又巧妙地以一種新的字體呈現在作家的敘述裡，十四則將近兩萬字，在一部僅有二十萬字的小說中，它們的出現讓這部在二十一世紀閱讀的小說，有了我們今天理解的極強烈的形式感。在歌德的那個年代裡，小說的形式連「日記體」、「書信體」都讓讀者耳目一新時，偉大的歌德在他故事的講述中，隨著故事的發展之需要，適時地在故事中鄭重鑲嵌了這些「文獻式」的留言、便條、假條、日記摘抄、來往書信和故事中的故事等，這難道不是他那個時代最具創造性的小說形式嗎？

談論《親和力》的小說形式時，更為重要的，是《親和力》中的這些形式上的「鑲嵌文獻」，非常絕妙地調整了小說敘述的閱讀與節奏，為故事的真實提供了證據和可信度。

換言之，《親和力》中被我們忽略的二百年前都已有之的鮮明的小說形式，不僅參與了故事的內容，而其本身也天然地有著小說內容的真實性，為小說的真實增加了砝碼和重量。將《親和力》的這種小說形式同「美國三部曲」和《潘達雷昂》的小說形式放在一起比較時，我們看到的是這種「文獻形式」，歌德比帕索斯早了一個半世紀，而尤薩又比帕索斯晚了四十年，由此我們不得不說，歌德的偉大不僅是他在二百年前做些什麼，還有他在二百年前都那麼寫。但越過時間的溝壑和分隔，我們不能不看到，這些偉大作家在時間的行進中，他們小說形式的豐富和圓潤，是跟隨時間遞增而終向成熟的。他們在使用（創造）小說的講述形式時，彼此間的不凡之處是，他們都讓這種形式如同經驗真實樣，還原了故事的發生和過程，使得在講述故事的形式中，包含了內容上的時間和空間，讓形式有了時間感和生命感，成為「活」的、有時空存在的。而且這形式上的時空是和內容的時空同生、同步、同在著——形式與內容發生在同一時間和空間內。小說內容中的情節與細節，在故事中是什麼時間與空間，在小說的形式上，也就是這個時間和空間。

換言之，小說形式發生在什麼時間、空間內，小說的內容就被囊括在什麼時間、空間內。如《潘達雷昂》中近二十則、數萬字的「報告」——其報告產生的時間、地點和空間，就等同了情節發生的時間、地點和空間。

如《潘達雷昂》小說第二節中第一號的報告內容是：

報告

（第一號）

事由：陸軍駐地、邊防哨所及同類部隊勞軍隊事宜。

內容：指揮所的建立、招募人員地點的情況。

種類：祕密。

日期及地點：一九五六年八月十二日於依基托斯。

報告人，秘魯陸軍（軍需）上尉潘達雷昂·潘托哈，就負責在全亞馬遜地區的陸軍駐地和邊防哨所組織勞軍隊並使之進行活動事宜，謹向陸軍行政、軍需、總務處處長費利貝·柯亞索斯將軍致敬，並報告如下：

一、報告人一到依基托斯，即向第五軍區（亞馬遜地區）報到，並向總司令羅赫爾·斯卡維諾將軍表示了敬意。將軍在親切熱烈地接待了報告人之後，即把為了有效地完成報告人所肩負的使命、所採取的各項措施通知了報告人，即，為了保護陸軍的聲譽，報告人不得進入司令部和該市各處軍營，不得身穿軍裝，不得在陸軍住宅區居住，不得與該司令部軍官交往。換言之，報告人必須以老百姓身分進行活動，與報告人交往的人員和地點（即下等人和妓院）不得知曉與之交往者乃一陸軍上尉……

二、報告人接管了位於依達雅河畔的第五軍區司令部撤出的陣地，作為指揮所和勞軍隊的（招募／提供）後勤中心，並錄用了斯卡維諾將軍指定的兩名士兵……[7]

這則報告，作為小說的敘述形式，清晰地說出了小說內容與形式的一致性——在時間、空間上的「箱裝性」。而這種箱裝性，則又使形式本身具有某種內容上的真實性。回到歌德的《親和力》那被鑲嵌在故事中的十四則「文獻」，其

7　（秘魯）馬里奧．巴爾加斯．略薩：《潘達雷昂上尉與勞軍女郎》，孫家孟譯，北京十月文藝出版社，一九八六年九月版，第二十五—二十六頁。（編按：臺譯馬利歐．巴爾加斯．尤薩。）

形式與內容的時間與空間，同樣也是箱裝共生的，而不是分開、錯置、回憶的，這和「美國三部曲」及《潘達雷昂》形式上的真實性，異曲同工，又恰如其妙。

由此是否可以這樣說，原來小說形式的真實和真實性，或說形式給內容提供的真實性，抑或內容給形式賦予的真實性，並不緣於小說在形式上有著內容樣的情節和細節，而是小說的形式之本身有了屬於形式的時間或空間，而這個形式的時空和內容的時空是一致的，或彼此的時空為箱裝的形式共存著。就帕索斯的《三個士兵》、「美國三部曲」及尤薩的《潘達雷昂》、《酒吧長談》等作品形式言，無論這些作品讀者喜不喜歡，它們在形式上的真實性都和《親和力》一樣，其敘述形式的過程本身是有時間、空間存在的。即便有時形式與內容的空間不一致，但它們在許多時候的發生時間是箱裝共存的——

是形式與內容的共時性，提供或完成了小說形式的真實性。

十七、形式中的時空錯置與真實性
——以《藍鬍子》、〈竹林中〉和《蘿莉塔》為例

原來有小說形式和內容一樣是存在生命時空的，其形式的真實性，正源於這種形式的時空性。如果在小說形式的時空上，討論的最終，還是沒有解析清楚的一道函數題，那麼

將中國讀者熟悉的《哈扎爾辭典》搬出來，一目比較，也就清晰了然。沒有人不認為帕維奇的《哈扎爾辭典》的敘述形式是「辭典法」。然而這個辭典法，就其形式言，它有時間存在嗎？每個辭條帶來的敘述是有內容時空的，但這一抽象的辭條本身的時空在哪兒？

如果可以將小說形式分為有時空形式和無時空形式的話，就有生命的小說形式言，《潘達雷昂》和「美國三部曲」等小說，形式與內容多為共時空，而到了另外一些形式鮮明的小說裡，那種形式的時空都還在，但形式與內容，卻不在同一時空內，而且所呈獻的內容的真實和真實性，也因此發生著微妙、神奇的變化與不同。

《藍鬍子》和《哈扎爾辭典》幾乎是同時走進中國的，《藍鬍子》作者弗里施雖在瑞士被視為下一個迪倫馬特，但在中國的命運，卻沒有《哈扎爾辭典》作者帕維奇來得影響更大、更為經典——也許帕維奇要感謝韓少功的《馬橋詞典》和那場到底是影響還是抄襲的官司之發生，作家與批評家的爭爭吵吵和媒體的推波助瀾，結果讓《哈扎爾辭典》在中國廣被知曉和接受，而比《哈扎爾辭典》更好看、更奇妙的《藍鬍子》，卻被冷落在一邊，如一株花草被拋在荒野上。

讀者丟棄《藍鬍子》，讓我們覺得對不起這位奇妙的作家弗里施，也對不起我們的文學時代和可稱為「讀家」的讀者們。將《藍鬍子》那絕對引人的故事疏遠到一邊去，單將其形式推到前臺來——沙德先生一生結過七次婚，但他的第六任妻子死掉了，於是法官、檢查官、律師都成了這樁案件的提審者或者詢問人。而這活著的沙德先生和他的六個妻子與死者——不是妓女，但有各種出入她房間的男人們及其目擊者，卻都成了這樁案件的證人和嫌疑人。與其說這部長篇是由對話組成的，不如說更多是由審訊者和被詢問的問答組成的。而被問答敘述的內容不僅是偵破、案例和經過之還原，還有愛情、婚姻、性、性別、友誼與家庭等，諸多問題都是這部小說的思考和討論。讓我們單純地回到小說形式與內容的真實上，就《藍鬍子》這部「審訊體」的形式言，它讓我們感受到它與《潘達雷昂》小說形式同樣的豐富和自由，宛若一場風雨帶來的應有盡有樣——在作家想像的風流和風暴中，凡是他可以想到的，這個自由的風流和風暴，都可以將其吹到讀者面前來。然《潘達雷昂》形式的全部目的，都是為了帶來故事真相上的「千真萬確」和百分之百的真實性；而《藍鬍子》所帶來的，卻是無真相的故事和講述過程中的無真相。殺人者最終不是沙德先生時，那麼凶手是誰呢？在一個通俗的凶殺故事裡，那個獨具審美的藝術形式將這個通俗故事帶進了幽遠和深思。當然，我們可以說這個故事無論什麼結果都是作家構思的。是虛構完成了這一切。回到《藍鬍子》的小說中，甚至可以說小說的每一環節都是作家蓄意虛構的，但也可以更文本化地說，是作家假借了這個審訊問答體的形式完成的。

「您是沙德夫人嗎？」

「是的。」

「您叫什麼名字？」

「莉蓮。」

「您娘家是姓哈貝扎克。」

「是的。」

「您的職業？」

「幼兒園保育員。」

「沙德夫人，您已經離了婚，是嗎？」

「是的。」

「這麼說您認識被告本人……」

聽眾席響起笑聲。

「您作為證人必須說真話，不能說假話，您要知道，作偽證是要坐牢的，情節嚴重的可以判五年監禁。」[8]

這樣的問答，被化為第一人稱的嫌疑人，沙德先生兼敘述者——在形式上自由地切斷和組合，敘述者在講述中隨時地進入或退出，引證、議論和講述著打撞球的過程和描寫，

8　（瑞士）費里斯：《藍鬍子》，呂同六彙編，蔡鴻君譯，時代文藝出版社，一九九五年六月版，《二十世紀末世界文學作品精選》中篇小說第二卷，第七十三頁。

使得作家在他創造的形式中，前所未有的自由講述，如同微服的皇帝出巡民間的隨心所欲樣。

是形式敘述了這故事。

也是形式創造了這故事。

但這個形式從時間與空間上，卻不是與故事的核心內容同步共時的，而是在被殺事件發生後，才有了這不間斷的審訊形式。由此將這一類似的形式再次前伸到日本的一九二一年，芥川龍之介的名作〈竹林中〉，故事的講述一樣是仰仗這種審訊體的形式完成的，只不過前者作為長篇，有「審問」、「回答」和作家的敘述在；後者作為短篇，只有審訊後的「供詞」在。在那些供詞中，多襄丸供認是他殺了美女之夫；為妻的美女說是自己殺了丈夫；那被殺了的夫又借他人之口說：「我疲憊不堪，好不容易才從杉樹下站起身子。

在我面前，妻掉下的那把匕首，正閃閃發亮。我撿起來，一刀刺進了自己的胸膛。嘴裡湧進一股血腥味，可是沒有一絲痛苦。胸口漸漸發涼，四周也越發沉寂……我倒在地上，沉沉的靜寂將我緊緊地包圍。」[9]到此，一部短篇的故事結束了，給讀者的真相是永無真相的「羅生門」。這個真相悖論的羅生門，一面是由那七個人的供詞所組成的；另一面，醒目的是小說形式之本身。是小說的形式完成了這小說。小說的形式不僅參與了故事和內容，而且本身也是一種故事和內容，參與結構並左右著故事內容之本身——三個人都爭認自己是凶手，這違背著人與社會對於生死的通常邏輯與理解，形成了一種不真之真或超真之真的小說真實感。而給讀者這超真之真、不真之真的，又恰恰是審訊中的供詞這形式。如同《藍鬍子》的故事樣，小說的故事真相（無真相）在發生

9 （日）芥川龍之介：〈竹林中〉，宋再新譯，山東文藝出版社，二〇一二年九月版，《芥川龍之介全集》第二卷，第一二六頁。

後，小說的形式時間不在真實內容的時空內，從而有了這樣無真相的小說和故事。由此可以理解，當小說的內容真相不在時，作家正可以在形式與內容不同步、同時中，去完成故事內容非真相的小說真實和真實性，如〈竹林中〉都是凶手、《藍鬍子》中沒有凶手，這種超越真相的小說真實性。

在形式與內容同一時空或同一時間內，「美國三部曲」和《潘達雷昂》的形式高度參與其內容，從而在小說敘述中，產生了故事的「真相」和真實性。而在內容與形式不在同一時空或同一時間內，《藍鬍子》和〈竹林中〉就成了無真相故事的小說真實和真實性。想到了更著名的小說《蘿莉塔》，當讀者沉浸在「衰老的歐洲誘姦年少的美國」或「年少的美國誘姦衰老的歐洲」，再或「嚴肅情感的最高境界」這類過度詮釋、猜測或寓言化的理解時，我們其實疏忽了這部名著的形式是「一個白人鰥夫的自白」，是講述為法庭準備的自白書——「這都是我的故事。我已經重讀過一遍。裡面有點點的精髓，有血，有美麗的綠蒼蠅。在故事的這一曲或那一折裡，我覺得難以捉摸的自我總是在躲避我，滑進了深沉沉、黑暗沉沉的汪洋裡，我是探不到的。我正把我能隱瞞的東西都隱瞞了，以免傷害人們。」[10]引述《蘿莉塔》結尾亨伯特這貌似坦白的自述，不是為了證實這段話的可靠性——「能講的都講了，不能講的全都隱瞞了」——而是為了說明在小說形式上，這種「自白」和〈竹林中〉、《藍鬍子》一樣，因為形式的時間都和故事或核心事件不在同一時空內，因此小說的故事時空和敘述時間有了錯置與距離，這就形成了小說的寓言性，而非事實的真實和真相。

形式與內容彼此融合在同一時空發生、行進時，小說是

10 （美）納博科夫：《洛麗塔》，于曉丹、廖世奇譯，時代文藝出版社，一九九七年八月版，第四〇七頁。（編案：臺譯納博可夫《蘿莉塔》。）

朝著真實、真相進發的。而當形式和內容的時空分開來，彼此的時間、空間是錯置的，尤其某種敘述形式是在故事發生之後形成的，除卻回憶或者回憶錄，這樣的形式與內容便多是產生不確定、非真相或超真之真的寓言真實和真實性，而非故事的事實、真相的真實和真實性。這就是形式與內容在時空中同在或者不同在、不共時的形式真實之差別。

十八、後設小說形式的真實性

——以《項狄傳》、《寒冬夜行人》和波赫士為例

一九七〇年，美國作家威廉・蓋斯發表了〈小說和生活中的人物〉，在這篇文章中，蓋斯提出了「後設小說」這一概念——這個在小說中關於敘述的敘述，關於寫作的寫作——在經過廣泛爭論後，不僅被人們大多所接受，還被更多富於求新的作家在寫作中使用和豐富。

反觀二十世紀的小說，紀德、卡爾維諾、大衛・洛奇、納博科夫、波赫士、馮內果等，都留下了後設小說的經典和傑作。時至今日，後設小說作為形式和方法，在任何語言的

寫作中，都已是一種常識和常用作法。然而，在後設小說與文學真實性的關係上，卻鮮有注目和關心。到底後設小說在形式上，給內容和讀者帶來了怎樣的真實與真實性？當我們去正視討論這些時，卻發現就真實這一點，後設小說常會讓討論如同連環案，使甲案帶出乙案、丙案來——為了這個真實卻寫出了那個真實來，為了那個真實又否定了這個真實來。

英國人認為世界上最早的後設小說是英國作家斯特恩的《項狄傳》。而昆德拉又言之鑿鑿說，我們今天的一切努力和實踐，在十六世紀最偉大的作品《唐吉訶德》中，都早已存在著。這裡說的努力和實踐，自然也包括後設小說的寫作和嘗試——哪怕是為了寫作的風趣和遊戲，《唐吉訶德》也確實有著這樣落筆的幽默和風趣。然若嚴格說，後設小說中真實和真實性，《項狄傳》卻來得更為清晰和準確：

在上一章的開頭，我確切地向您通報了我的出生日期；——但卻沒有講出生的經過。沒有；這一細節完全保留下來要自成一章；——此外，先生，由於您和我可以說素昧平生，讓您一下子對我的情況了解太多，未免有些不妥。——您必須耐心一點。您也看見了，我已經不僅著手寫自己的生平而且也要寫自己的見解；希望您通過前者了解到我的性格，我的為人，從而給您帶來更大的興趣來了解後者：我們現在只是泛泛之交，剛剛認識，當您隨我繼續前行時，關係便逐漸親密起來；而且，最終將會結下友誼，除非我們倆有一個犯過錯。[11]

11 （英）勞倫斯．斯特恩：《項狄傳》，蒲隆譯，上海譯文出版社，二〇一二年三月版，第十頁。

在小說的開始，《項狄傳》是以第一人稱敘述的：「我爸或者我媽，或者兩位一併算上，因為這事兒上他們負有同等責任，我真希望他們當初造我的時候，對自己正做的營生上點兒心。」[12]但隨著這驚人的狂放、自由之敘述，第一人稱所帶來的那種故事與情節的真實，被推向了講故事的方法真實上。於是，在這兒雙重的真實出現了。「講故事」的真實和故事本身的真實在交替和重疊。故事的真實性，不僅源於讀者都可以體驗、感受的經驗之真實，還源於那個講故事的形式產生、發展的真實性——從第一人稱發展到後設小說，使得關於敘述的敘述、關於寫作的寫作，這種文本產生過程的真實和故事本身的真實相融合，從而使讀者在閱讀中，獲得了全新、奇妙的感受，對真實也獲得了豐富的理解和體驗。一句話，在後設小說的敘事中，關於故事的真實

12　（英）勞倫斯·斯特恩：《項狄傳》，蒲隆譯，上海譯文出版社，二〇一二年三月版，第四頁。

性，不僅是內容的經驗真實和真實性，還有寫作的過程之本身，在形式上的經驗真實和真實性。這雙重的真實和真實性，才是後設小說所呈現的真實和真實性。

——小姐，您怎麼在讀上一章時如此心不在焉呢？我在那一章裡給您講過，我母親不是舊教徒。——舊教徒！您沒有給我講過這件事呀！先生。小姐，我求您讓我把話再重複一遍，我白紙黑字，明明白白給您講了，至少文字透過直接推理盡量把這種事給您講得一清二楚。——那麼，先生，我準是落掉了一頁。——沒有，小姐，——您一個字也沒有落。——那麼我是睡著了，先生。——小姐，我的自尊容不得您這樣的託詞。——那麼，我說白了，我壓根兒就不知道有這回事。——小姐，那正是我指責您所犯的錯；而且作為對這一錯誤的懲罰，我一定要您馬上翻回去，也就是說，您讀到下面的句號時就翻回去，把那一章從頭到尾重讀一遍。[13]

這對於我這本書是一個極大的不幸，但是對於文學界來說則更為不幸；——有鑑於此，我自己的書就湮沒無聞了，——在萬事萬物中，追新求險的惡癖已經根深柢固地植入我們的習性之中，——而且我們如此一門心思地想那樣滿足我們急不可耐的欲望，——以致一種結構中只有那些粗俗的，更耽於肉慾的部分才會下沉。[14]

我開始寫一本新書，好讓我有足夠的篇幅從有關我的脫庇叔叔受傷的圍攻那慕爾的談話和詢問說起，來說明

13 （英）勞倫斯．斯特恩：《項狄傳》，蒲隆譯，上海譯文出版社，二〇一二年三月版，第五十頁。
14 （英）勞倫斯．斯特恩：《項狄傳》，蒲隆譯，上海譯文出版社，二〇一二年三月版，第五十一頁。

他所處的窘境的性質。

我必須提醒讀者，萬一他讀過威廉王的戰爭史，——不過假如他還沒有，——那麼我就告訴他，在那次圍攻中，最令人難忘的一次攻擊是由英國人和荷蘭人對前沿外崖的突出點發動的進攻，就在圈住了那大水閘的聖尼古拉堡的大門前。[15]

關於後設小說和後設小說形式上的真實性，《項狄傳》這部偉大的巨著，為其做了最好的注腳和闡釋。當我們單純地討論小說形式在寫作中的意義時，說斯特恩為小說形式的天才是不夠的，然而稱他為小說形式的上帝又是不妥的——那就稱他為小說形式之神吧！是這位形式之神讓我們看到了

15　（英）勞倫斯．斯特恩：《項狄傳》，蒲隆譯，上海譯文出版社，二〇一二年三月版，第七十五頁。

形式對於內容的重要性，就如母親使兒女出生的重要意義樣。作家為父親，形式為母親，內容為兒女，這顯然是偏頗的錯言和荒謬，但在某些作品中，這種錯言卻是可以成立的。《項狄傳》當然可以稱為一部小說形式之神作，而其中在後設小說真實意義上的自由與豐沛，讓我們看到了小說在真實和真實性的層面上，還存有一種「後設真實」——不僅是內容與形式上的真實性，還有關於敘述的敘述、關於寫作的寫作的「後設真實」——它不是透過形式而至內容，而是在內容敘述中，呈現出一種獨特形式來。而是讓關於寫作的寫作，成為或幾乎成為小說的內容之本身——這就是卡爾維諾的《寒冬夜行人》（後來又被譯為《如果在冬夜，一個旅人》）。它一樣是一部小說形式的神作和天賜，充滿著後設小說和後設真實，比《項狄傳》給了我們更多、更細微、具體、親切的形式上的真實和感受。

你即將開始閱讀伊塔羅．卡爾維諾的新小說《寒冬夜行人》了。請你先放鬆一下，然後再集中注意力。把一切無關的想法都從你的頭腦中驅逐出去，讓周圍的一切變成看不見聽不著的東西，不再干擾你。門最好關起來。那邊老開著電視機，立即告訴他們：「不，我不要看電視！」如果他們沒聽見，你再大點聲音：「我在看書！請不要打擾我！」也許那邊噪音太大，他們沒聽見你的話，你再大點聲音，怒吼道：「我要開始看伊塔羅．卡爾維諾的新小說了！」哦，你要是不願意說，也可以不說；但願他們不來干擾你。[16]

16　（義）伊塔洛．卡爾維諾：《寒冬夜行人》，蕭天佑譯，譯林出版社，二〇〇一年九月版，《卡爾維諾文集》，第七頁。（編案：臺譯《如果在冬夜，一個旅人》。）

引用這部奇妙小說之奇開章，不是為了證明它是後設小說，而是為了證明在這一形式寫作中，讀者第一次成了小說的主人翁，使得寫作、閱讀、修改、印刷、討論這一使小說產生和流通過程的本身，就是小說之內容——是故事中的情節、環節和細節；是故事的結構和敘述。使通常我們讀到的任何小說中的內容與形式的真實，得到了完美的統一和融合，成為了一種小說形式的後設真實。由這後設真實引出的一章一個新小說開頭的十部小說、十篇開章組成的「鏈條結構」，無論多麼精妙和神奇、多麼為小說結構學中的經典之經典，其中那些從不被人們談及的後設真實與小說的內容之關係，在這兒才最是需要談論和觸及的，那就是在《如果在冬夜，一個旅人》中，由後設小說寫作的卡爾維諾的寫作所引出的↓在瑪律堡市郊外↓從陡壁懸崖上探出身軀↓不怕寒風，不顧眩暈↓望著黑沉沉的下面……由此到了第七章，「一條條相互交叉的線」，卡爾維諾在他的後設真實中敘述道：

我產生了這樣一個想法，即寫一本僅有開頭的小說。這本小說的主人公可以是位男讀者，但對他的描寫應不停地被打斷。男讀者去買作家Z寫的新小說A，但這是個殘本，剛念完開頭就沒有了……他找到書店去換書……

我可以用第二人稱來寫這本小說，如「讀者你」……我也可以再寫一位女讀者，一位專門篡改他人小說的翻譯家和一位年邁的作家。後者正在寫一本日記，就像我這本日記……[17]

17 （義）伊塔洛．卡爾維諾：《寒冬夜行人》，蕭天佑譯，譯林出版社，二〇〇一年九月版，《卡爾維諾文集》，第一七三頁。

到此，鏈條結構中呈現的一本又一本書的內容真實不在了。後設小說的作家明確說，「我就為了這樣一個想法，即寫一本僅有開頭的小說。」十本書也還是一本書。這本書的一切真實，都是卡爾維諾的虛構和寫作。這兒呈現的後設小說的後設真實，否定了其他書中的真實性，也否定了那些書的存在的真實性。原來在後設小說的真實上，它既呈現一種敘述之敘述的真實和過程，也還否定那種真實和過程，使得它的真實把我們和通常意義的「生活真實」分開來，且把讀者從「經驗真實」的泥沼中拉出來，讓讀者不再去注目一般意義的人生、命運的真實性，而只注目文本產生過程的真實性，回到一種「純粹藝術」的形式審美的立場上，形成一種「純粹」的審美和真實。

在後設小說純粹的形式審美真實上，波赫士是走得更遠、更純粹的人。單就後設小說的寫作和真實言，〈特隆、烏克巴爾、奧比斯．特蒂烏斯〉、〈吉訶德的作者皮埃爾．梅納德〉、〈巴別塔圖書館〉、〈歧路花園〉、〈叛徒和英雄的主題〉、《布羅迪報告》、《阿列夫》等一長串的經典短篇，雖不能篇篇都如〈叛徒和英雄的主題〉樣，吻合著後設小說寫作的要求和想像，但在波赫士的寫作中，諸多作品都在寫作的書桌前，真實或虛幻地「擺」著另外一本書，如《聖經》、《唐吉訶德》、《一千零一夜》，莎士比亞戲劇或歷經千年之詩歌，再或《大英百科全書》等。這些真實或虛構的書，都是波赫士寫作中關於所寫作品的再闡釋、再寫作的寫作和創造，從而使他的寫作，呈現出一道「關於作品的作品」的奇觀和風景，是波赫士對後設小說寫作的巨大貢獻和嘗試。即便在某些小說裡，讓你讀不到、看不見他的寫作面前有著另外一本書，也在寫作的背後藏著一本存在卻是看不見的書，如〈歧路花園〉中，故事中人物所有的那本《歧路花園》樣。這種關於作品的作品，關於虛構的虛構，面對我們談論的小說的真實和真實性，已經消失得不復存在如本就沒有樣。所以當我們將波赫士的寫作稱為幻想美學時，事實上是將那種真實和真實性，透過寫作的擺脫，而呈現出另外一種真實——幻想與冥思的真實和故事。他的這些關於作品的作品的後設真實和後設小說，給我們的正是「空無」和「虛幻的真實」在。

十九、多元形式和通向真實的路

並不是所有的小說形式都是為了真實而存在，也不是所有的形式不存在小說內容上的真實性，不在形式與內容的真實上，產生著互動和因果。然無須疑問的是，十九世紀的偉大作品，無不在結構上用力和盡心，而所有獨有的小說之形式，又都必然影響、改變著小說的敘述和結構。甚或可以說，不改變敘述與結構的形式是無形式。是寫作上不存在的無和虛。由此去看那些更為清晰、明瞭的諸多小說形式時，小說形式與真實，似乎簡單、明瞭到只有以下幾種了——

一、參與、左右小說真實的小說之形式。如《潘達雷昂》、「美國三部曲」、《藍鬍子》和〈竹林中〉等。

二、呈現敘述過程自身真實的小說之形式。如《項狄傳》、《如果在冬夜，一個旅人》和波赫士的諸短篇及在中國一度熱賣的《忒修斯之船》等。

三、並不直接參與小說內容真實性的小說之形式，如帕維奇的《哈扎爾辭典》、《君士坦丁堡最後之戀》；卡爾維諾的《帕洛瑪先生》、《看不見的城市》；法國作家喬治·佩雷克的《人生拼圖版》等。這些小說在形式上，本質是種抽象物，沒有形式的真實或者非真實，但它們進入敘述時，卻因為形式改變了小說的敘述和結構，從另一個方面間接地影響著小說的內容和真實性。這種形式與內容真實的間接和距離感，如《哈扎爾辭典》的辭條法、《君士坦丁堡最後之戀》中塔羅牌的塔羅敘述法、《看不見的城市》和《帕洛瑪先生》中的片斷式，以及《人生拼圖版》中的「樓窗式」。

這些形式本身沒有時間或空間、沒有時間上的生命感，也自然使得這種形式在和情節內容的互動上，顯出了它的隨意（自由）性和隨機性，而不是內容生命的真實性和延續性。所以在這種小說形式的敘述裡，才能夠如《哈扎爾辭典》樣，可以從前讀，可以從後讀，也可以從中間的任何一個章節讀。而《看不見的城市》、《帕洛瑪先生》和《人生拼圖版》，大抵亦都是如此的方式與方法。在某種意義上，這種形式下的敘述，本身構成了和內容一樣獨立的審美和展示，如其形式和內容的距離過遠，不能交叉為一體時，那些千百年來都把故事（內容）視為文學中心皇位的讀者們，一旦失去了對形式欣賞的耐心後，便如雨天觀賞一把雨傘的美，會最終緣於無法走入傘下而離開。尤其如美國作家道斯特的《忒修斯之船》，形式不僅取代了內容之本身，而且成為行為藝術般的形式之真實，無所不用其極地存在在小說的裝幀和印刷裡，形成了形式的行為、行動之奇觀。這不僅改變了小說的結構和真實，而且驚愕了整個作家和讀者對於小說內容與形式的真實觀，是一種形式的行為藝術之寫作（操作）。而與之對應的，是同樣有著鮮明的小說形式在，但因為這些形式並非抽象物，其形式本身帶有一種生命的紀實性和真實性，使得這種形式一旦進入小說的敘述與結構，便會直接影響和加重小說內容的真實與真實性，從而在小說審美力的展示和閱讀上，有著完全不同的結果和接受。如美國作家愛麗絲．華克的《紫色姊妹花》、澳大利亞作家彼得．凱瑞的《凱利幫真史》和更早的法國作家尤瑟娜的《哈德良回憶錄》。凡此種種的小說形式，都簡潔而清晰，透過這些簡明的形式所帶來並改變了的敘述與結構，其對故事（內容）

的真實和真實性，彷彿一個車頭對後續車廂的領帶和影響。

《紫色姊妹花》和《凱利幫真史》，都是十六世紀書寫中早已有之的「書信體」。然前者之書信，是一個受盡苦難的十四歲的女孩，一封封地寫給「上帝」的信；而後者，則是一個終生多難的綠林大盜，留給他終生無可相見的剛出生的女兒的書信和人生之述說。就小說形式言，書信體幾無新鮮的創造和奇異，只不過二位收信人——親愛的上帝和剛出生的小女兒——發生了變化後，小說的情感、敘述與結構，便由此完全不同了。且隨之帶來的真實和真實性，也彷彿月光有了太陽的熱，連故事中人物靈魂的一個寒顫，都能結下冰霜似的白。乃至於這些寫信人和收信者的不同和變化，使得小說中敘述的語言都有著生命的真實和律動。

《紫色姊妹花》和《凱利幫》，形式上的書信體，拯救了書信這種古老的小說傳統和形式，使得這樣的寫作，煥發出一種全新的概貌和真實力。而《哈德良回憶錄》，因為「回憶錄」式的真實和悠然，使得整個小說顯出一種敘述上優雅的真實和節奏。這就是小說形式本身含有真實和未含真實在與敘述內容對接後的接受和結果。我們不能由此判斷有生命真實性的形式（如《紫色姊妹花》中的書信體），和無生命真實性的形式（如《哈扎爾辭典》的辭條敘述法），在審美上誰更高於誰、誰更優於誰，因為這是完全不同種族、文化和小說題材與敘述觀的兩個作家截然不同的敘述和故事，但也由此會讓我們產生一些奇怪的形式念頭和想法——

讓帕維奇去寫《紫色姊妹花》的故事，他會怎麼寫？

讓華克去寫帕維奇的民族歷史又會怎麼樣？

又有一些新的奇怪的想法產生了。契訶夫那些憂傷動人的故事，如果都換一個故事的講法——讓每一個故事都有一個新的小說形式會有什麼結果呢？《尤利西斯》中的布魯姆，倘是到了托爾斯泰筆下會是什麼面目呢？若杜斯妥也夫斯基活在二十世紀上半葉，他會成為意識流的大師嗎？難道世界上的每個故事都真的只有一個——唯一的呈現形式嗎？到今天，我們在寫作小說時，首先要給故事尋找的，就是屬於它的唯一、獨一的講述方式嗎？如果是這樣，為什麼我們幾百、上千的作家們，都還在用幾乎同一形式去呈現各種不同的故事呢？

又想到另外一些小說了。

他們的寫作有著鮮明的動向和方法，但在形式上卻是「模糊」的，淡化的，彷彿沒有形式樣。布爾加科夫的《大師與瑪格麗特》，故事那樣驚天動地進行著，作家就這樣自然而然地講述著。所謂形式，只是一個村落中和各戶人家一樣別無大差的房屋吧，然而那房屋、院內的人和事，卻是天上、地下的不同著。《午夜之子》和《魔鬼詩篇》，大抵也如此，前者中那個滔滔不絕的敘述者，無非是接受了魯西迪的委託開始滔滔不絕著，單純地從小說形式言，並無太多奇新和發明，然而在他連珠炮或者蓮花落的講述中，其內容的千變與萬化，從經驗真實到超真之真之呈現，卻是萬物花開、碩果累累的。我們有太多作家在今天的寫作，就小說形式言，並沒有肉眼可見的創造和立新，不會如卡爾維諾和納博科夫們，讓每部小說都有著形式的變化與不同，然其裏藏在故事內部中的方式與方法，卻是決然地有著差異和別樣。約翰．福爾斯《法國中尉的女人》是一部十二分好看的書，大家討論它的方法時，都會說到它是多種敘述的後設小說，而其始終彌漫在故事內部與人物身上的達爾文的進化論，有哪兒不是這小說敘述的方式與方法？E．L．多克托羅《拉格泰姆時代》中的美國大歷史，被碎斷切開分撒在故事的縫隙和斷裂處，膠黏著內容的真實裂口和塌陷，這又哪兒不是一種更內在的形式和方法？

如今我已是一個死人，成了一具躺在井底的死屍。儘管我已經死了很久，心臟也早已停止了跳動，但除了那個卑鄙的凶手之外沒人知道我發生了什麼事。而他，那個混蛋，則聽了聽我是否還有呼吸，摸了摸我的脈搏以確信他是否已把我幹掉，之後又朝我的肚子踹了一腳，把我扛到井邊，搬起我的身子扔了下去。往下落時，我先前被他用石頭砸爛了的腦袋摔裂開來；我的臉、我的

額頭和臉頰全部都擠爛沒了；我全身的骨頭都散架了，
滿嘴都是鮮血。[18]

這是《我的名字叫紅》的小說第一節「我是一個死人」的開頭一段話，其形式或方法始於此，直到整部小說的最後一句、最後一字才結束。「我是一個死人」、「我的名字叫黑」、「我是一條狗」、「人們稱我為凶手」、「我是你們的姨父」、「我是奧爾罕」……這些敘述視角的更換和轉移，宛若故事列車上一個又一個的窗口，從每一個窗口朝外看或者朝內看，風景、事物都是截然不同的，卻又都依著座號排列在這列故事列車上。麥克尤恩在他的《贖罪》小說裡，深深地鑲嵌著一次劇創作。奧茲在他的《愛與黑暗的故事》裡，以家庭婚愛為圓心，卻讓漣漪波動到民族、國家，乃至與以

18 （土耳其）奧爾罕．帕慕克：《我的名字叫紅》，沈志興譯，上海人民出版社，二〇〇六年八月版，第一頁。

色列相連的世界各國和各地去，使得小說在結構和敘述方法上，成為一個「圓心波動圖」。柯慈和愛特伍幾乎是每部小說都在變幻著內與外、可見可不見的方式與方法。而《盲眼刺客》和《雙面葛雷斯》，則是把我們討論的形式與內容，連綴、結合到可謂完美到教科書般的演示和展出。單就小說形式言，《雙面葛雷斯》中的被子拼圖、文獻資料、他作引述、詩歌寫作和作家對歷史人物、歷史事件，乃至於歷史習俗的精描與細繪，拿捏得水乳交融，無隙無隔，比《潘達雷昂》更有著柔美的真實和舒貼。

也許緣於書架的單調和乏味，讓一個人的偏見引導了書架的偏狹和單薄，而不是今天的文學就是這樣子——隨便從書架上抽出一本小說來，其寫作的形式或方法，都如一部書在印刷時裹在硬殼封皮上的封面樣，彰顯著「沒有方法就沒有文學」、「沒有形式就沒有故事」那些話。只不過有的方法化為顯明的形式存在著，有的將形式化在內容的字裡行間時隱時現著。《2666》這五部著作是被編輯編排、連接起來的。而這一連接，也恰恰連接出了首部和尾部的環形對應的方式（結構）來；而第四部小說《罪行》中，其男性作家對女性命運之關注，可讓其他作家用「敬」之目光去看待。然而《罪行》在其形式上，幾乎為「紀實」之敘述（哪怕是一種偽紀實），也還是讓小說的真實和真實性，行進到了震撼之地步。朵卡荻的《收集夢的剪貼簿》，則有著作家更內在的講故事的形式與方法。甚至頗像中國小說方式的奈波爾的《大河灣》，如同我們慣常間的寫作樣，沿著「這樣開頭，那樣發展，如此這般地到了高潮和結尾」——似乎是「傳統」中的「無形式」，而仔細辨析小說中深藏的「西方文明巨大誘惑的憂與傷」的最現代的思考時，也才恍然而明白，奈波爾在最現代的思考下，使用這個「傳統」之敘述，也正是他寫作敘述中選擇的形式與方法。

在當下中國文學和世界文學中，我篤信（信仰）「沒有無形式的寫作和方法」，而不是「最高的形式是無形式」。之所以我們常常談到無形式，是因為我們沒有把那種被我們長期接受，並化為寫作血液的「這樣開頭，那樣發展，如此地高潮和結尾」之方式，當作小說的形式與方法。就像我們總是在講故事的時候說：「很早很早的時候……」從而就不把這樣的講述當作方式、方法了。

而它又哪兒不是一種講述的形式和方法呢？只不過確實是太為古老、太為古老的形式、方法了。

老得和沒有形式、方法樣。

二十、尾聲

原來，世界上所有的故事都是透過講述存在的，而講述又必然有著講述的形式和方法。如此是不是沒有講述就沒有小說呢？沒有講述的形式就沒有講述呢？如果是這樣，我們能不能說一切的故事（內容），都是靠方法存在著？而一切的方法，又都起始於形式之審美？

如此言，所有的形式便都是審美、都是藝術了，只不過某種審美範疇中的形式和藝術，到底含有多少真實和創造性？而這種真實和創造性的形式和價值，又該如何去衡定？

人類藝術中的人體繪畫與攝影，所有的努力都是為了人的「形相」之真實，所謂人的靈魂與精神，都是靠「形相」

的形式表達的。而視小說的真實為靈魂和信仰時，形式又如何能不和真實相聯繫？而內容又如何會有無形式的靈魂呢？

事實上，所有人的形相都有他的靈魂在，而當庖丁解牛時，那個靈魂可能已經不在了。

二〇二二年四至六月　於北京

當代名家

小說的信仰

2024年3月初版
定價：平裝新臺幣350元
精裝新臺幣550元

著者	閻連科
叢書編輯	杜芳琪
校對	蘇淑君
內文排版	菩薩蠻
封面設計	廖韡

出版者	聯經出版事業股份有限公司
地址	新北市汐止區大同路一段369號1樓
叢書編輯電話	(02)86925588轉5394
台北聯經書房	台北市新生南路三段94號
電話	(02)23620308
郵政劃撥帳戶第	0100559-3號
郵撥電話	(02)23620308
印刷者	世和印製企業有限公司
總經銷	聯合發行股份有限公司
發行所	新北市新店區寶橋路235巷6弄6號2樓
電話	(02)29178022

副總編輯	陳逸華
總編輯	涂豐恩
總經理	陳芝宇
社長	羅國俊
發行人	林載爵

行政院新聞局出版事業登記證局版臺業字第0130號

本書如有缺頁，破損，倒裝請寄回台北聯經書房更換。
ISBN 978-957-08-7225-5 (平裝)
ISBN 978-957-08-7300-9 (精裝)
聯經網址：www.linkingbooks.com.tw
電子信箱：linking@udngroup.com

國家圖書館出版品預行編目資料

小說的信仰/閻連科著．初版．新北市．聯經．2024年3月．280面．14.8×21公分（當代名家）
ISBN 978-957-08-7225-5（平裝）
ISBN 978-957-08-7300-9（精裝）

1.CST：小說 2.CST：文學評論

812.7 112020443